A testa Alta – Desi

CW00409727

A testa Alta – Desirè Vasta

**Copyright – 2022 Desirè Vasta**
Tutti i diritti sono registrati e protetti da copyright
su Blockchain.
© Riproduzione riservata

La riproduzione, copia o distribuzione anche mediante mezzo
elettronico verrà punita ai sensi della legge.

# DESIRE VASTA

romanzo

# A testa alta

A testa Alta – Desirè Vasta

# PROLOGO

«Non guardare, Desirè, non guardare.»

Mio fratello Carmelo teneva la mano sopra i miei occhi, come avevo visto fare a una madre verso il figlio piccolo, al cinema, di fronte a una scena che lo spaventava. Anche se poi l'avevo visto sbirciare tra le dita. Ma io avevo dodici anni e quello che avevo davanti non era un film.

Sentivo il contatto e l'odore della sua pelle, c'era ancora un lieve sentore di profumo, quello che metteva sempre quando usciva con la sua fidanzata. Non ricordo se mi venisse da piangere, ero come bloccata, cristallizzata in un momento così surreale da sembrare un incubo. Forse all'inizio pensai davvero lo fosse, ero stata strappata dal sonno dopo una giornata intensa, indossavo ancora la camicia da notte bianca con i cuoricini celesti e tra le ciglia erano rimasti i frammenti di un sogno felice, di quelli che è giusto fare a quell'età.

L'ultimo, per molto tempo.

Strinsi le palpebre e immaginai di avere il potere di riavvolgere il nastro della giornata, sarebbero bastate poche ore, solo poche ore prima che tutto cambiasse. Prima che la mia vita si ribaltasse e non tornasse mai più come prima.

Prima che fossi costretta a crescere, in pochi istanti.

# CAPITOLO 1

Era il 22 novembre del 2005, un giorno come tanti e nello stesso tempo un giorno speciale, almeno per la mia famiglia. Avevamo sempre tenuto molto ai festeggiamenti del Natale e quel pomeriggio avrei aiutato mia madre ad allestire l'albero e iniziare il nostro personale calendario dell'avvento, che durava un po' di più di quello che vendevano nei negozi.

Non vedevo l'ora e aspettavo che tutta Riesi si trasformasse. Nella piazza sarebbe stato allestito l'albero dalla cui stella diramazioni di luci avrebbero rischiarato i passanti, ai suoi piedi il presepe con le grandi statue di terracotta e tutto intorno vasi di stelle di Natale di un rosso vivo. In chiesa la gente si sarebbe riunita ad ascoltare omelie e il suono dello zampognaro; nelle case le donne avrebbero preparato i dolci con i frutti del carrubo, *li gnucchitti* e il pane dolce con l'impasto di fichi secchi. I genitori avrebbero chiesto ai bambini più piccoli di scrivere la letterina e poi avrebbero nascosto i regali per non farli trovare prima del tempo. Non ci sarebbe stata la neve come vedevo nei film, ma non importava, mi piaceva così.

Era tutto perfetto, come poteva essere la vita di una bambina amata.

D'altronde il mio nome, Desirè, significa figlia desiderata, perché ero stata a lungo attesa dopo la perdita del primo e del terzo figlio, dopo mio fratello.

Non un nome a caso.

Sentivo quell'amore su di me e lo ricambiavo.

Gli occhi vispi, il sorriso sempre acceso, non stavo mai ferma e volevo fare mille cose: equitazione, lezioni di pianoforte e, come quel pomeriggio, danza. La mia esuberanza si placava quando infilavo le scarpette di raso, le mie dita scivolavano sulla tastiera o salivo in sella al mio cavallo ed ero in sintonia col suo cuore e con la vita che mi circondava, promettendomi un futuro radioso.

Così quel pomeriggio, appena arrivata, posai il borsone della danza e corsi verso lo scatolone dove erano riposte le palline dorate, la stella da sistemare in punta, gli angioletti di stoffa tramandati da generazioni.

Amavo l'atmosfera accogliente della nostra casa. Il profumo dei fiori in giardino, la voce di mia madre quando a volte cantava e la melodia risuonava tra le mura, gli odori che provenivano dalla cucina. Amavo lei, mio padre e mio fratello, non ero una bambina ribelle, non ancora, non provavo gelosia o rivalità per Carmelo, come a volte accade tra fratelli, ma solo ammirazione. Abbellii l'albero di Natale con le palline colorate, le statuine di zucchero, fino a quando io e mamma lo guardammo soddisfatte, poi ci ritrovammo tutti per cenare insieme, come ogni altra sera, raccontandoci i fatti della giornata.

Tutto fu perfetto, tranne un dettaglio, un piccolo dettaglio.

Mio padre è sempre stato un uomo robusto e a volte faceva dei gesti maldestri, propri di chi quasi ingombra col suo corpo. Stava salendo i gradini che portavano alle stanze da letto e non vide la statuina della Madonna Immacolata, posata su un ripiano della scala di marmo, distrattamente la colpì col piede.

La statuina rotolò e infine giacque a terra con il collo spezzato.

Anch'io mi voltai, più per quel mezzo urletto di mia madre.

*Ora ci porterà sfortuna*, disse.

Mio padre sorrise e l'aiutò a raccoglierla, forse l'abbracciò e le mormorò qualcosa, perché poi mi pare di ricordare che lei si tranquillizzò. In fondo era solo una statuetta e non era stato un gesto d'offesa, ma una svista.

Che poteva mai succederci?

Ma forse nell'Universo ci sono fili invisibili che legano gli eventi tra loro, chi li chiama segni premonitori, chi solo coincidenze. Ormai la trama era stata tessuta e non si poteva tornare indietro.

Così risalimmo le scale e io andai nella mia cameretta, mi tuffai stanca sul letto, cercando tra tutte le cose vissute quel giorno qualcosa di bello da portare nei sogni e fantasticando su altre mille cose che avrei voluto portarci lo stesso.

Chiusi gli occhi fiduciosa alla vita, in attesa di un'altra giornata come quella.

Solo che non era ancora finita.


Alle quattro di mattina qualcuno suonò al cancello.

Non ricordo se fu quel suono a svegliarmi dal mio sonno o le voci dei miei genitori, so che mia madre guardò di sotto e vide dei carabinieri, così svegliò anche mio padre. O forse a svegliarmi furono i loro passi concitati lungo le scale o la porta

che si apriva o le voci di quegli uomini che entrarono ovunque: nel giardino, in casa, sembravano essere mille. Uno sciame scuro e minaccioso che invadeva il nostro nido sicuro.

Sbattei le palpebre, ma per qualche istante rimasi ancora sdraiata a letto, poi allungai la mano verso il comodino per accendere la luce. La sveglia segnava impietosa un'ora che non poteva giustificare alcuna visita.

Non era stato un sogno, non capivo che succedesse.

Pensai a mio fratello, se poteva essergli accaduto qualcosa, ma quella sera non era fuori. Così mi alzai lentamente e sbirciai dalla finestra: la prima cosa che provai fu paura. Mi spaventai nello scorgere quelle figure vestite di scuro e armate. Fino ad allora avevo visto i carabinieri in paese, delle pattuglie passare per le strade, una volta li avevo trovati anche nella ditta di mio padre a parlare con lui non sapevo bene di cosa, in tutta tranquillità, ma un tale spiegamento mai, solo nei film polizieschi.

Senza pensare a vestirmi uscii fuori e vidi che si era alzato pure Carmelo.

Mio padre continuava a chiedere spiegazioni, ma l'uomo che un altro chiamò brigadiere gli disse con tono severo che doveva andare via con loro.

Sì, poteva farsi una doccia, e preparare velocemente qualcosa. Non aveva tanto tempo.

Non capivo, guardavo mia madre che teneva una mano sulla bocca e poi guardavo mio padre e quell'uomo che per me era un cavaliere nero.

Qualcuno che voleva strapparmi una parte di cuore.

Mio padre obbedì, non gli lasciarono nemmeno chiudere la porta del bagno, come se avesse potuto scappare, robusto com'era, dalla finestra;

senza contare che in giardino c'erano gli altri carabinieri ad attenderlo.

Mia madre andò a preparare un borsone, mi mormorò di tornare in camera e io subito obbedii, cercando nei suoi occhi lucidi risposte che non poteva darmi. Mi sdraiai sul letto e d'improvviso mi parve enorme e io ero diventata di nuovo piccola e sarei stata risucchiata al suo interno. E forse sarebbe stato meglio.

Volevo coprire le orecchie e chiudere gli occhi per non sentire o vedere cosa stesse accadendo e nello stesso tempo volevo correre fuori e urlare a tutti quegli uomini di andare via, che quella era casa mia e loro non c'entravano niente con noi.

Invece venne mio padre da me e mi disse qualcosa che non dimenticherò mai.

*Desirè, devo assentarmi qualche giorno, ma non preoccuparti, tutto si risolverà in poco tempo. Ricordati di fare la brava, non fare arrabbiare la mamma e soprattutto ricordati di non vergognarti mai di me.*

Mi baciò sulla fronte e lasciò la mia stanza.

Aspettai ancora qualche secondo, dilaniata tra il nascondermi da quell'orrore o lo scoprire cosa stava accadendo fino in fondo. Non riuscii a resistere, corsi fuori appena in tempo per vederlo portare via come un criminale. Mio fratello mi posò una mano sugli occhi per non farmi guardare, ma avevo già visto abbastanza e il mio cuore si era spezzato per la prima volta nella mia vita.

Si era realizzato quello che era sempre stato il mio peggior incubo: perdere i miei genitori.

Dopo non ci fu che il silenzio e i singhiozzi di mia madre.

Non ricordo se telefonò subito a qualcuno, se parlò con mio fratello, ricordo il suo abbraccio e poi tornai nella mia stanza, vinta dalla stanchezza. Quando riuscii ad addormentarmi l'alba iniziava timidamente a rischiarare i tetti delle case, le strade, i campi intorno al paese.

Tutti avrebbero ripreso il loro vivere quotidiano, le saracinesche dei bar si sarebbero alzate come sempre, gli ambulanti sarebbero arrivati nelle piazze dei mercati, le mamme avrebbero preparato la colazione per poi andare a svegliare i figli che dovevano correre al pulmino della scuola. Tutti sarebbero tornati a vivere come prima, ma non io. Non mio padre, non la mia famiglia.

Non ero che una bambina, ma la consapevolezza di ciò che era accaduto si fece presto chiara, anche se ancora non potevo immaginare quale calvario avremmo vissuto tutti.

Solo una frase mi salvò allora e mi salva ancora adesso, l'ultima che pronunciò mio padre prima di baciarmi e seguire quel destino che non gli spettava.

*Vai sempre avanti a testa alta.*

E io dovetti imparare a farlo, giorno dopo giorno.

Non ho più preparato l'albero di Natale prima del ventidue novembre, come una sorta di scaramanzia, e quello fu il Natale più disperato che io vissi.

Fu come se la mia vita fosse stata messa in una di quelle palle di vetro, quelle che scuoti per far scendere la neve o una pioggia di stelle, e qualcuno d'improvviso l'avesse presa, scossa forte e poi gettata a terra, proprio come la statua della Madonnina.

A testa Alta – Desirè Vasta

# CAPITOLO 2

Mio padre non era un imprenditore qualunque, ma ai tempi sapevo soltanto che possedeva degli escavatori e i camion che mandava nei cantieri. In realtà si occupava di costruzione, manutenzione e distribuzione delle reti idriche per conto dei comuni della provincia di Caltanissetta. La privatizzazione dell'acqua doveva ancora avvenire, ma già se ne parlava, tanto che si era informato perché, in quel caso, avrebbe avuto la possibilità di essere tutelato come gestore unico. In base alla legge Galli gli sarebbe spettata la precedenza per avere il monopolio.

Purtroppo, prima che ciò accadesse, fu arrestato.

Nell'arida Sicilia la criminalità ambiva al controllo delle redditizie aziende locali e la sua era una di quelle.

I capi malavitosi possono essere arrestati, oppure uccisi, ma il racket della mafia rimane e non c'è mafia senza estorsione.

Il cosiddetto pizzo era da sempre lo strumento usato per mantenere quell'organizzazione, prima con l'intimidazione e poi, se non si trovava un cedimento dall'altra parte, passando alla violenza. Si contava sull'omertà da parte di chi subiva: chi pagava e taceva per paura e chi per trarne vantaggi personali.

Provarono anche con mio padre, ma lui non volle arrendersi nel riconoscere la loro autorità e così iniziarono le minacce.

Dal 2000.


Ricordo un sabato pomeriggio, mia madre venne a prendermi all'uscita del catechismo, con le mie cuginette. Una volta a casa io passai dal terrazzo e sentii dei rumori strani, come monete che cadevano, ma subito non ci feci caso. Poi d'improvviso sentii mia madre urlarci di scappare verso la macchina. Uscimmo tutte di corsa.

Degli uomini si erano intrufolati nella nostra abitazione, per fortuna lei ebbe la giusta prontezza di spirito, ma alla sua denuncia la risposta sarcastica di un carabiniere fu che doveva *ritenersi fortunata*, visto che avrebbero anche potuto ucciderla.

E quella non fu la sola volta che accadde un'intrusione.

Quel giorno non ricordo se mi spaventai, ma se lo feci non lasciò in me una traccia profonda. Ero piccola e tutto finì nel calderone del *parasaccu*, lo spauracchio che da noi si usa per spaventare i bambini, in modo che ubbidiscano ai genitori.

*Attenzione al parasaccu, se non dai la mano alla mamma ti prende, ti getta nel sacco e ti porta via.*

Nella mia immaginazione quella figura ci perseguitava. Bisognava stare attenti, ma in fondo, nonostante le urla di mia madre e la fuga in auto, tutto sembrò come quella fantasia e il giorno dopo tornai a giocare. Così come accadde in altre occasioni in cui degli eventi avrebbe potuto maggiormente turbarmi. Forse per il mio carattere sempre allegro e ottimista, forse per la spensieratezza tipica dei bambini e per la loro innata voglia di sopravvivere a ogni paura, me ne dimenticavo presto.

Almeno così sembrava allora, perché quei ricordi sono rimasti

dentro di me, come fotografie dell'apparenza sbiadite che sanno riprendere i loro colori.

E una di queste fotografie è vivida come le fiamme che l'avvolgono.

Quest'altro avvenimento accadde quando avevo nove anni.

Mio fratello Carmelo quella sera era uscito con la fidanzata, alle undici e mezza l'aveva accompagnata a casa e nella strada del ritorno passò davanti al capannone di mio padre.

E le vide.

Fiamme altissime e violente che stavano ormai aggredendo ogni cosa.

Subito lo avvisò, pronto a entrare per cercare di salvare cosa poteva, ma mio padre gli intimò di chiamare i pompieri e i carabinieri. Aveva già capito che non era stato affatto un incidente. Corse al capannone ancora in pigiama e una volta arrivato fu lui a entrare.

A quel punto Carmelo gli andò dietro.

Si accorsero che gli operai avevano dimenticato l'idropulitrice accesa, bisognava raccogliere il tubo e mio fratello intervenne per dargli una mano, ferendosi nel tentativo. Ma le fiamme erano alte e dovettero rinunciare.

Nel frattempo, io e mia madre eravamo arrivate sul posto e quello che vidi davanti a me fu uno spettacolo terribile: l'imponenza dell'incendio che stava consumando il capannone senza alcuna pietà. Una scena spaventosa e che nello stesso tempo catturava il mio sguardo e non lo lasciava andare. Vidi il nuovo escavatore, appena comprato, tutto bruciato, ma quella che è rimasta più impressa è l'immagine di mio padre che esce

correndo dal capannone, con quelle fiamme sullo sfondo. Stava urlando contro gli operai, in realtà non ce l'aveva con loro, era solo un uomo in preda alla disperazione. Aveva capito come il male lo stesse accerchiando.

Provai paura, ma soprattutto pena per lui.

A pensarci la provo ancora adesso, un senso quasi di tenerezza per quell'uomo grande e grosso che io adoravo come fosse un Dio. Da piccolina immaginavo addirittura Gesù col suo volto, perché lui era ed è un uomo buono, fiducioso della vita e, purtroppo, anche degli uomini, un gran lavoratore che non ha mai ottenuto nulla con l'astuzia, ma solo col sudore della sua fronte e col suo ingegno.

Denunciò, quella volta come molte altre, sempre inutilmente.

Alla fine, fu costretto a cercare di venire a patti con chi aveva compiuto quel gesto vigliacco. Era stato minacciato di morte e non si sentiva affatto tutelato.

Dalla giustizia non lo era di certo.

Però ancora una volta volle dare fiducia alla legge e poco dopo tornò dai carabinieri, mettendosi a disposizione per cercare di incastrare chi aveva incastrato lui.

Sarebbe stato meglio se fosse esistito davvero un *parasaccu* di tutto quel male.

Avrebbe fatto meno paura.

La mafia irruppe nelle nostre vite e le stravolse, ma altrettanto fece la giustizia.


L'arresto di mio padre avvenne con l'ignobile accusa di associazione mafiosa. Arrestato come mandante di omicidio in corso.

Nello specifico, tra le accuse era riportato:

*"Il Vasta si associa al fine di uccidere il Bordonaro Felice risultando in tal modo affiliato alla famiglia Cammarata."*

Ancora oggi non so spiegarmi il perché e non sanno spiegarlo nemmeno chi dovrebbe.

Sì, avevamo dei parenti mafiosi, ma erano legami di sangue, non certo di scelta, e non era così inusuale nella nostra regione. Sì, aveva avuto a che fare con dei mafiosi, ma solo perché era stato sottoposto a ricatto da parte loro.

In una di quelle denunce aveva anche accettato, dopo aver parlato col maresciallo, di farsi mettere il cellulare sotto controllo, in modo da intercettare i tentativi di estorsione. Eppure, nel processo di questo non ci fu alcuna prova. Un brigadiere disse di non aver sentito nulla, l'altro carabiniere presente al fatto non parlò. Anzi, un'intercettazione andò a suo sfavore quando mio padre, esasperato dopo un atto intimidatorio, disse che *se avesse scoperto chi aveva bruciato i suoi mezzi lo avrebbe ammazzato*. Parole di sofferenza, di rabbia, non certo di minaccia. Perché poi lui, quel Bordonaro non lo conosceva nemmeno.

Era tutto più grande di me e fui travolta dallo sgomento, dalla paura. Per un periodo tornai persino a fare la pipì a letto, come accade spesso ai bambini in seguito a un trauma.

Soprattutto arrivai a dire a mia madre che non arrestavano le persone innocenti, dubitando così anche di mio padre, ma era solo rabbia, la rabbia di una ragazzina che vedeva il suo mondo sgretolarsi pezzo dopo pezzo.

Il mattino successivo al suo arresto mia madre mi disse di prepararmi e di andare a scuola, senza dire nulla a nessuno. Ero stanca, cercavo ancora di capire cosa fosse accaduto e mi stupii della sua richiesta. Forse voleva che io riprendessi subito la mia normalità, ma non fu possibile. Il paese era piccolo, mio padre uno dei più grandi imprenditori della Sicilia e la cosa venne fuori.

Ho un ricordo nitido, io con un'amica nel bagno della scuola, mi stavo lavando le mani e lei era appoggiata al calorifero, a un tratto mi disse: "Sai cosa ha detto la mamma di quella dell'ultimo banco? Che ora capisce perché *questi* avevano la villa!"

Alzai lo sguardo verso di lei. Il sottinteso ormai era chiaro anche per me, eravamo già stati bollati come mafiosi, qualcosa che fino a pochi giorni prima sarebbe stato assurdo e incomprensibile. E c'era dell'altro: non mi ero mai resa davvero conto che io fossi in effetti una privilegiata, che la vita che conducevo fosse quella di una famiglia ricca, al di sopra delle difficoltà con cui molti dovevano lottare ogni giorno. Non mi ero mai sentita superiore, semplicemente conoscevo solo quel mondo, ma andai a sbattere contro la realtà.

# CAPITOLO 3

Il 12 gennaio 2006 venne sequestrata l'azienda.

In quel momento aveva diversi cantieri aperti e contava oltre venticinque dipendenti. La gestione del servizio idrico venne così affidata a Caltaqua.

Uno dei tanti casi di sequestro preventivo. In pratica, una misura cautelare disposta quando la libera disponibilità di un bene, inteso come collegato a un reato, può causare conseguenze dannose o se esiste il rischio di commissioni di altri illeciti.

D'improvviso non avevamo più l'accesso in ditta, era stata affidata a un amministratore giudiziario che, dopo i primi due mesi, smise di pagare gli stipendi e senza alcuna autorizzazione del tribunale. Ci trovammo senza mezzi di sussistenza e di conseguenza non potevamo più permetterci di vivere nella villa. Lasciammo tutto e ci trasferimmo dai nonni materni, la casa era diversa, meno grande rispetto la nostra e poi si trovava in paese, ma era accogliente perché lì c'era amore.

La famiglia si sente in quei momenti e la nostra non mancò, almeno quella delle mie zie, le sorelle di mia madre, e dei nonni materni.

Tutti erano increduli e si strinsero intorno a noi in un abbraccio protettivo che cercava di difenderci dalle calunnie e dal dolore.

E il dolore era tanto.

Chiunque sarebbe stato destabilizzato da avvenimenti del genere e io ero poco più che una bambina, mi ritrovai in un vortice di cambiamenti senza poter fare nulla se non seguire la corrente.

Non avevo più la mia stanzetta con i giochi, non portai nemmeno tutti i vestiti o tutte le mie cose.

Il silenzio ovattato della campagna, spezzato solo dai suoni della natura, era stato sostituito dai rumori della strada, le urla degli ambulanti che si radunavano nelle strade sottostanti. Dopo il primo smarrimento fui comunque felice di stare con i miei nonni e le mie cugine, loro riuscivano ad attutire la mancanza di mio padre.

Ma quella non era casa mia e la mia famiglia non era tutta con me.

A volte io e mia madre tornavamo alla villa e allora io correvo nella mia stanzetta, tra le mie cose, sul mio letto, e mi addormentavo, nonostante il freddo. Io, che avevo sempre sofferto d'insonnia, dormivo beata. Tra quelle pareti ero come un cucciolo che ritornava al proprio nido e riassaporava odori, forme e colori familiari e si sentiva subito a suo agio, come se non se ne fosse mai andato. Mia madre mi copriva bene e mi lasciava stare, comprensiva del bisogno di riprendermi un po' di quello che era mio.

Mio fratello a quel tempo aveva diciannove anni, studiava ingegneria idraulica ed eravamo tutti fieri e fiduciosi che sarebbe presto diventato un ingegnere specializzato nel settore lavorativo di mio padre. Il suo destino era quello, andare a lavorare con lui nell'azienda.

Ma tutto cambiò.

Anche la sua vita fu stravolta e dovette abbandonare gli studi poco dopo il fatto.

Io invece cambiai scuola, quella privata chiuse e passai alla pubblica.

Non volevo più fare nulla e forse non avrei nemmeno potuto. Di certo non possedevamo più la golden card di mio padre. Niente più equitazione, pianoforte, danza.

Niente più amici.

Ormai per i più ero "la mafiosa".

Ricordo un bambino che conoscevo da sempre, arrivò a dirmi che ero come spazzatura, "immondizia di Riesi", disse. Non era facile per una ragazzina sentirsi dire certe cose e proprio da chi credeva fosse un amico. Intorno a me scoprii la cattiveria, l'invidia e la maldicenza.

E poi c'era la mancanza.

La mancanza di mio padre.

Pochi giorni prima che fosse arrestato mi aveva preannunciato una sorpresa, qualcosa che avremmo condiviso solo noi due: una gita a Eurodisney Paris. Posso ancora ricordare la mia felicità quando immaginavo di passeggiare accanto a lui lungo le strade del parco, in coda per ogni attrazione, in prima fila per ammirare le parate variopinte e luminose. Ero elettrizzata, come poteva essere una della mia età, divisa tra i sogni del primo amore che mi facevano sentire più grande e la voglia di essere ancora la bambina che camminava mano nella mano con il suo papà.

Avevano infranto anche quel sogno e sicuramente era una

sciocchezza rispetto al dramma che tutti noi stavamo vivendo, ma per me era importante, era il simbolo di ciò che mi era stato portato via.

La spensieratezza.

Ancora oggi non sono riuscita ad andare in quel parco dei divertimenti, forse un giorno lo farò con i miei figli, esorcizzando quel ricordo. Perché le cose che non fai al momento giusto poi te le trascini dietro, specie se non è stata tua la scelta di rinunciarci. Diventano rimpianti e i rimpianti possono essere ingombranti.

Io ne ho, uno è quello.

Quando una persona cara è lontana, ti ritrovi a pensare a tutti i momenti passati assieme; ci sono dei ricordi che sono indelebili, ma nello stesso tempo altri sfuggono come sabbia tra le dita e non sai come fare a trattenerli.

Dopo una decina di giorni mi sembrava di non ricordare nemmeno più il viso di mio padre nei suoi dettagli. La ruga che gli compariva sulla fronte quando era preoccupato, quei movimenti quasi goffi quando per gioco accennava un passo di ballo con me, il suo sorriso.

Aspettavo di rivederlo durante un colloquio in carcere e quell'idea era qualcosa di spaventoso e rassicurante al tempo stesso.

A testa Alta – Desirè Vasta

# CAPITOLO 4

Alla prima visita in carcere, a Caltanissetta, mia madre non mi portò, andò solo mio fratello. Fu meglio così, lo capii dopo. Quel luogo aveva poco di umano e come primo scontro con quella realtà per me sarebbe stato troppo. Andai due settimane dopo il suo arresto, a Larino. Il viaggio fu interminabile, dieci ore di macchina, attraversando più regioni, stretta a mia madre per il freddo e il timore di qualcosa di sconosciuto.

Non era quello il viaggio che avrei voluto fare, io dovevo andare a Eurodisney, con lui.

Davanti a me apparve un casermone bianco dietro alte sbarre. C'erano sbarre anche alle finestre, alte quasi come una persona, attraverso le quali intravidi dei volti, degli uomini, c'erano pure dei panni stesi. Immaginai come potesse essere la cella di mio padre, lui che era grande e grosso, come poteva stare rinchiuso in un posto piccolo?

Tutto aveva un che di surreale e tremendamente vero al tempo stesso.

In quegli attimi, prima di varcare la porta d'entrata, provai sensazioni che fino a quel momento non conoscevo ancora, come ansia e imbarazzo, ma anche una trepidante attesa e una paura senza nome. Tutte si alternavano e compenetravano tra loro in un caleidoscopio di emozioni confuse, era come fossi in preda a due forze opposte: il desiderio di fuggire, facendo finta che nulla fosse davvero accaduto, e la gioia e la voglia di rivederlo.

C'erano altre persone come noi, avevano con loro pacchi e borse, che venivano controllate dalle guardie. Mi ricordo la prima perquisizione, mia madre che mi diceva con gli occhi di stare tranquilla. Una volta finiti i controlli ci ritrovammo nella sala dei colloqui.

Era grande, con tanti tavoli rotondi intorno a cui ci si poteva sedere, una vetrata la divideva da un corridoio dove passavano i nostri familiari. Fissavo di continuo quel vetro, in attesa, e quando lo vidi spuntare mi si formò un groppo in gola, sarebbe bastato un nulla per scoppiare a piangere, ma non lo feci.

Non volevo farlo davanti agli altri, davanti a lui.

Forse questa forza l'ho presa da mia madre, so solo che riuscii a trattenere le lacrime e ad accennare un sorriso e quando mio padre mi salutò mi sentii rinascere. Fu come essere stata immersa dalle acque e sentire i suoni della superficie come qualcosa di lontano e ovattato e poi improvvisamente riemergere e scoprire che non avevo dimenticato davvero quei suoni e non avevo dimenticato il suo viso.

Tutto sommato quella prima giornata fu piacevole, il personale era gentile, mio padre sembrava ancora se stesso.

A Caltanissetta era tutto diverso.

Quello non era più un luogo di riabilitazione, ma solo di punizione.

Odiavo le lunghe code per entrare, il suono delle chiavi nelle serrature, gli sguardi delle guardie, a volte carichi di disprezzo o solo di fastidio o forse semplicemente senza qualcosa, senza quell'umanità che avevo visto altrove.

Nutrii odio e paura per quelle divise, per il male che la mia

famiglia stava subendo ingiustamente, per quei colloqui che non erano che un misero surrogato di quella che poteva essere una vita con la mia famiglia.

Quell'errore giudiziario non ha tolto solo degli anni a lui, ma a mia madre, a mio fratello.

A me.

Ha lacerato la mia giovinezza e per tutto ciò nessuno di noi avrà mai il giusto rimborso.

Ci fu un periodo particolarmente brutto per mio padre.

Fu messo in isolamento, per ben quattro mesi, in una cella minuscola. Le motivazioni furono delle minacce ricevute, quindi in teoria agirono per la sua protezione, ma la conseguenza è che gli si paralizzarono le gambe e alla fine non riusciva più a camminare. Arrivarono a tirargli il cibo, a dargli una sedia per poter espletare i suoi bisogni.

Senza rispetto, senza dignità.

Se da un lato c'erano uomini giusti che svolgevano con coscienza il loro dovere, dall'altro ce n'erano altri senza coscienza che perpetravano abusi contro i detenuti come lui.

Mio padre alla fine fu costretto a usare le stampelle.

Ricordo di averlo visto una volta aiutarsi con quelle e pensai che non volevo più andare alle visite, mi faceva troppo male vederlo così.

Non solo privato della libertà e ingiustamente, ma ferito, umiliato, ridotto all'ombra di se stesso. Dopo l'isolamento lo misero in cella con il genero di un noto malavitoso. Questo gli chiese di cosa fosse incolpato e si stupì della risposta, vedendo il viso di mio padre e conoscendolo in quei giorni per l'uomo che era, così lontano da quel mondo di

cui era accusato di far parte.

Qualcosa in lui lo colpì, tanto che lo prese sotto la sua protezione, aiutandolo in tutto per tutto: ad alzarsi alla mattina, a spostarsi, per ogni cosa.

In quel periodo nello stesso carcere si trovavano anche dei complici delle estorsioni subite da mio padre, e da lui denunciati, e questi figuri iniziarono a minacciare di ammazzarlo di botte. D'altra parte, se non fosse stato arrestato, la sua fine sarebbe stata quella. Lui lo sapeva bene.

Il suo compagno di cella però lo difese, intimò a quegli altri di lasciarlo stare e dopo le sue decise parole le minacce finirono.

Fu quel detenuto e non chi di dovere a proteggerlo.

Anche Carmelo subì delle intimidazioni.

Mio nonno era stato caporeparto di una fabbrica a Gela e per fortuna aveva una buona pensione, sufficiente per sostenerci, ma mio fratello decise che non poteva vivere del tutto alle sue spalle. Con l'aiuto di mia madre aprì un bar ristorante. In fondo era diventato l'uomo di famiglia e voleva esserne all'altezza, non era mai stato un ragazzo *figlio di papà*, non aveva mai avuto paura di darsi da fare, perché era questo l'insegnamento che aveva ricevuto, così come l'avevo ricevuto io, e non solo attraverso le parole ma con l'esempio.

Un giorno un tizio si presentò proprio nel bar di Carmelo, intimandogli di dire a mio padre di non fare il suo nome. Era uno di quei delinquenti che avevano chiesto il pizzo e che temevano di essere accusati.

Per fortuna mio fratello è sempre stato un ragazzo alto e robusto e per nulla timoroso, così lo mandò via in modo deciso, però la paura rimaneva.

L'arresto di mio padre avvenne in seguito all'operazione "Odessa", indagini sulla guerra di mafia che aveva imperversato a Riesi ed era costata la vita a tre persone, più un altro tentato omicidio, nonché una sfilza di estorsioni e danneggiamenti. Gli indagati erano quarantadue, l'imputazione era per tutti associazione mafiosa.

Le indagini avevano portato alla scoperta di legami con il clan mafioso Cammarata anche nel Comune di Riesi; era emerso che il boss Pino Cammarata, pur rinchiuso nel carcere di massima sicurezza di Ascoli Piceno, continuasse a detenere il suo ruolo e a dare ordini ai suoi uomini, proseguendo la gestione degli affari illeciti della famiglia. Quell'indagine aveva coinvolto anche diversi commercianti e imprenditori locali, tra cui mio padre.

Il 6 febbraio 2007 si concluse il processo con il rito abbreviato per l'operazione antimafia iniziata nel novembre 2005.

Vennero condannati in dodici, uno solo all'ergastolo, e ci furono otto assoluzioni. Per altre undici persone si aspettava il processo in Corte d'Assise, tra queste c'era ancora mio padre.

La mia vita procedeva in parallelo alle udienze, alle visite dell'avvocato, ai colloqui, in mezzo ai bisbigli che sentivo dietro di me quando passavo per strada, agli articoli sui giornali, alle rassicurazioni del legale, alle lacrime represse di mia madre e a quella rabbia che si mescolava con l'angoscia di non avere giustizia e la speranza che accadesse al più presto.

Mia madre non voleva farmi uscire da sola, ma io non l'ascoltavo più come prima.

Tutta quella situazione aveva generato in me una sorta di

ribellione, non ero più la dolce bambina fiduciosa e spensierata, ma piuttosto un'adolescente con voglia di disobbedire, anche se alla fine mi incastrai in una situazione che più che liberarmi mi stava rinchiudendo in un altro tipo di prigione.

Ero legata a un ragazzino di due anni più grande di me. Se all'inizio era un primo tenero amore, poi forse un rifugio per la realtà che mi opprimeva, alla fine divenne quasi una costrizione, ma naturalmente allora non lo vedevo. Ero innamorata e se lui mi diceva di non uscire con le amiche, se mi controllava, per me era sempre amore.

Solo che arrivò anche a chiedermi di non andare a scuola, la cosa non mi piaceva del tutto, eppure dissi ancora di sì.

Provai ad accontentarlo in ogni cosa e per lui andai contro mia madre e mio fratello. Non andavo più d'accordo nemmeno con gli zii, per colpa sua, mi sembrava che nessuno mi capisse tranne lui e non vedevo i muri che mi stava creando attorno, ma solo quelli che i miei mettevano per controllarmi. Senza comprendere che lo facevano per il mio bene.

Il fatto è che mi sembrava di avere solo quello di bello nella mia vita, quel piccolo primo amore, il resto era del tutto diverso da ciò che avevo sognato e che mi sarei aspettata.

Certe cose non le avevo più.

Perché lasciare andare un sentimento che almeno mi faceva sentire importante, visto che ero così importante per lui?

Però era un amore sbagliato, quel tipo di gelosia, che è solo possesso, lo è sempre.

Fu lui a lasciarmi, dopo tre anni, e ne soffrii tanto, fino a un giorno.

Mia nonna mi guardò e mi chiese perché fossi ancora triste, visto che ciò che lui aveva preteso da me non era affatto giusto. Mi aveva allontanato da tutti, anche dalla mia famiglia, e, anche se non è facile da capire a quell'età, da me stessa. E poi mi disse che non avevo proprio niente in meno delle altre e mi sarei innamorata ancora.

Forse fu in quel momento che andò via anche parte della rabbia accumulata e mi riavvicinai a chi mi era sempre stato accanto e mi voleva bene.

La mia famiglia.

Fino a quando qualcos'altro, qualcosa di bello, che ancora dura, arrivò a ripararmi il cuore.

# CAPITOLO 5

Un pomeriggio stavo passeggiando e d'un tratto mi sentii osservata. Girandomi riconobbi proprio un amico del mio ex ragazzo: Rosario. Un tipo imponente, dalla carnagione scura e due profondi occhi neri. A vederlo si poteva pensare fosse uno dei soliti bulli di paese, eppure, quando i nostri sguardi si incontrarono, qualcosa in lui mi colpì e suscitò una sensazione che ancora non sapevo definire.

Qualche giorno dopo ero a casa, giocavo a carte con le mie cugine, quando mi dissero che qualcuno mi stava cercando al telefono.

Era lui.

Aveva trovato il mio numero e si era inventato una scusa per chiamarmi, ma era chiaro cosa volesse e io ne ero felice.

Provai un'emozione intensa, se pur ancora confusa nella sua forma, ma in fondo era già bastato quel primo sguardo perché iniziasse a farsi strada verso il mio cuore.

Al tempo avevo quindi anni e lui diciannove.

Ci demmo appuntamento per Capodanno proprio al bar di mio fratello e da lì a diventare fidanzati passò un nulla.

Rosario si rivelò l'opposto del mio precedente ragazzo e anche del tutto diverso da un primo giudizio superficiale sul suo aspetto, ma io quello l'avevo già intuito.

A quei tempi ero una gatta selvatica, pronta a soffiare contro chiunque si avvicinasse, diffidente e scorbutica. Non era facile approcciarsi a me.

Lui ci riuscì.

Rosario si rivelò la dolcezza in persona, paziente e premuroso, seppe conquistare la mia fiducia.

Non per nulla dico sempre che è il mio angelo.

Mia nonna aveva avuto ragione, anch'io potevo nuovamente amare, essere amata, e questa volta per davvero.

Per quanto fossi giovane, forse per quanto accaduto con la mia famiglia, forse per quella prima esperienza sentimentale che non aveva avuto il sapore di una cotta spensierata, affrontai la cosa con una maturità diversa.

Da donna.

Ero fidanzata ed ero serena.

Dopo mesi, anni, di tormento, di disagio, in cui ero passata attraverso sentimenti distorti, cercando nella ribellione e in un legame sbagliato sollievo, allontanandomi da tutti, avevo trovavo un nuovo equilibrio e tornavo a sorridere alla vita. Quasi come qualsiasi altra ragazza di quella età.

Rosario era comprensivo e riuscì a colmare in parte quel vuoto nel cuore che aveva lasciato mio padre.

I primi due mesi passarono in un crescendo di conoscenza, intimità e felicità, ma mancava ancora una cosa nella mia vita e finalmente accadde.

Eravamo a pranzo, io, mia madre e mio fratello insieme ai nonni. Stavo bisticciando con Carmelo perché insistevo già da

qualche giorno nel volere che mi comprassero il motorino, mentre lui continuava a ribattere che non l'avrebbe fatto finché non ci fosse stato nostro padre. Doveva essere lui a decidere.

Ecco, anche quella volta forse il destino si divertì a giocare con noi, ma questa volta lo scherzo fu il più bello che si potesse realizzare.

Squillò il telefono.

Fu mia madre a rispondere.

Forse fu l'espressione del suo viso, il tono della voce, squillante e quasi tremante, o forse furono i suoi occhi che divennero lucidi, ma mi si strinse il cuore e capii subito.

Era mio padre.

Stavamo parlando di lui e di come dovesse essere lui a prendere certe decisioni per me ed ecco che si materializzava la sua presenza. La sua voce.

Le sue parole furono: *"Apri lo spumante che mi hanno scarcerato."*

Sembrava impossibile.

Non so se mio madre se lo fece ripetere, ma tutti eravamo increduli.

Il giorno della scarcerazione di mio padre è stato il 24 febbraio 2009.

La sua prigionia era durata 1159 giorni e 12 ore.

Sembra faccia più impressione dirlo così, non con gli anni o con i mesi, ma numerando i giorni e le ore, perché si comprende meglio lo stillicidio del tempo che passa per un uomo innocente.

Prima di lasciarmi mi aveva detto di non preoccuparmi, che tutto si sarebbe risolto in pochi giorni.

Ecco quanti sono stati.

Quel pomeriggio di febbraio tornò a essere un uomo libero, era stata accertata e dichiarata la sua innocenza,

Era la fine di un incubo, o almeno così sembrava.

Ci guardammo tutti con le lacrime agli occhi, era una notizia del tutto inaspettata, nessuno ci aveva avvertito, né avevano avvertito lui con anticipo in modo che si potesse organizzare, come avrebbe dovuto essere.

Una guardia era semplicemente andata a chiamarlo alla sua cella, dicendogli che c'era stato un ordine di scarcerazione immediata.

Si seppe poi che era stata un giudice per la prima volta sul suo caso, una donna. Aveva letto le carte e si era resa conto della sua innocenza, quella che era sempre stata evidente, ma che mai nessuno aveva voluto vedere.

Mio padre si trovò fuori dal carcere, senza soldi, senza cellulare. Per avvisarci fermò un passante, chiedendogli di poter fare una telefonata. Mio fratello si offrì subito per andare da lui in auto, ma rispose che avrebbe preso il treno, solo che non aveva soldi con sé. Carmelo riuscì a pagargli il biglietto da casa e poi mio zio andò a prenderlo alla stazione.

Mentre tutti noi aspettavamo con la stessa ansia del conto alla rovescia nella notte di San Silvestro.

Di quei momenti ricordo ogni cosa, ogni dettaglio, come la

scena di un film che guardi e riguardi per imprimerti ogni particolare nella memoria, perché è troppo bella per poterla scordare. E vuoi ricordare tutto, ma proprio tutto.

Quando intravidi l'auto di mio zio dalla finestra corsi fuori, non stavo più nella pelle.

Dovevo vederlo, dovevo toccarlo.

Avevo il magone ma non volevo piangere, anche se quella volta sarebbero state lacrime di pura felicità.

Mio padre scese con movimenti lenti. Indossava un paio di jeans e un bomber bianco e nero e pesava la metà di quanto pesasse prima di essere arrestato. Di quell'uomo massiccio, sorridente, non c'era più molta traccia, ma io gli corsi incontro e lo abbracciai più forte che potevo.

Prima sarebbe stato come abbracciare uno di quegli alberi secolari, quelli vecchi e saggi, col tronco robusto e nodoso. Forti, rigogliosi, con le radici ben piantate a terra. Quel giorno fu come stringere e me un arbusto che ondeggiava al vento, dal tronco fragile tanto che potevi rischiare di spezzarlo.

Quell'abbraccio continuò per tutta la sera.

Rimasi in braccio a lui proprio come facevo da bambina e andammo a dormire ancora abbracciati, io da una parte e mia madre dall'altra.

Quando si svegliò, il mattino dopo, sorrise felice nel vederci accanto e forse ancora di più in quel momento si rese conto che era tutto vero.

A testa Alta – Desirè Vasta

# CAPITOLO 6

Il giorno dopo tornammo nella nostra villa in campagna.

Per me fu un'altra immensa felicità, perché mi era mancata e perché era un riappropriarsi di una parte della nostra vecchia vita ed era importante ricominciare da lì, proiettati verso un nuovo futuro.

Quante cose erano cambiate dall'ultima notte che avevamo passato tutti insieme in quella casa, da quella notte di novembre...

La paura che avevo provato mentre gli agenti perquisivano le stanze, lasciando tutto sottosopra, senza riguardo o delicatezza per le nostre cose, muovendosi come fossero loro i padroni, con le luci dei lampeggianti che illuminavano spietate le pareti, il nostro giardino... Tutti quei ricordi erano ancora lì, tra quelle mura, difficilmente sarebbero scomparsi, ma eravamo pronti a ricominciare e a costruirne di nuovi.

Se c'erano stati molti che avevano spettegolato dopo il suo arresto e ci avevano accusato delle peggiori cose, molti altri avevano sempre creduto alla sua innocenza e furono lieti nel sapere del suo rilascio. In fondo la sua ditta aveva dato lavoro a molte famiglie e gli erano ancora riconoscenti. E poi Riesi è un paese piccolo, ci conosciamo tutti e tutti siamo parenti dei parenti, senza tralasciare che mio padre ha sei fratelli e già quello creava una vasta rete di legami.

Per tutte queste ragioni nei giorni a venire ricevemmo molte visite di persone che volevano salutarlo, dimostrargli la loro vicinanza, quasi come fosse una festa e in fondo lo era.

Tutto poteva tornare come doveva essere.

C'era una cosa però che sarebbe stata molto diversa.

Almeno per me.

Dopo due mesi dal suo ritorno e quattro mesi da quando mi ero messa insieme a Rosario, scoprii di essere incinta della mia prima figlia. Ero ancora ingenua per certi aspetti e non associai subito il ritardo del ciclo con quell'eventualità, fu il mio ragazzo a farlo. Ricordo anche che quando controllai il test di gravidanza pensai che quel "positivo" significasse che andava tutto bene per me e che quindi non c'era alcuna gravidanza, insomma, che potevo stare tranquilla e fu quello che risposi a Rosario che aspettava il *verdetto* nell'altra stanza. Per fortuna lui aveva tenuto le istruzioni e mi chiese quante lineette erano comparse.

Ed erano due.

Ero davvero incinta e non sapevo come fare a dirlo a mia madre, a Carmelo, e soprattutto a mio padre, tornato da poche settimane. Io non ero che una ragazzina, andavo ancora a scuola, dormivo con mia madre come da bambina e non sapevo fare nulla. In più la nostra famiglia si stava ricostruendo una vita dopo cinque anni di dolore.

Rosario non ebbe dubbi, lui era già indipendente e desiderava soltanto sposarmi. E voleva quel bambino.

Accolse la notizia con un'emozione sincera e gioiosa, senza alcuna remora.

Voleva sposarsi subito, era autonomo, ma io non sapevo se fossi pronta per tutto quello. Però sapevo che lo amavo e che quello era il nostro bambino.

Fu lui a dare la notizia, era il 5 maggio del 2009.

Quel giorno stavo prendendo finalmente il patentino della moto e Rosario decise di telefonare a mia madre per avvertirla. Lei stava sistemando dei piatti e le caddero di mano, come me pensò subito come fare a dirlo al marito.

Intanto, quello stesso giorno, mio padre seppe che l'amministratore giudiziario non voleva restituire la ditta subito, come stabilito, ma posticipare la cosa di tre mesi.

A quelle parole corse in tribunale ed entrò di prepotenza, una prepotenza animata solo dalla rabbia e dalla disperazione, nell'ufficio del giudice, tanto che per poco non fu arrestato. Per fortuna il giudice arrivò, lo riconobbe e, sentite le sue legittime proteste, lo accompagnò personalmente dal cancelliere intimando che venisse chiamato l'amministratore e che si provvedesse a quanto era giusto.

Le vicende personali e familiari si intersecavano di continuo con quelle giudiziarie, ma ci fu comunque una cosa buffa, da lì a poco, quando mia madre si decise a comunicare la notizia.

L'annuncio venne dato in contemporanea a mio padre da parte di mia madre e a Carmelo da parte di mia cognata, che decise bene di prenderlo da parte, conoscendo il carattere impulsivo, e a volte irascibile, di mio fratello.

Io avevo timore della loro reazione, soprattutto avevo paura di deluderli, però sapevo che mio padre non mi avrebbe abbandonato, perché lui era la parte centrale della mia vita e io lo ero della sua.

Mia madre poi mi raccontò che si era avvicinata mentre lui era seduto sul divano, per riposare il polpaccio tagliato in seguito a un incidente con la motozappa. Lui l'ascoltò senza interrompere e alla fine tranquillo le rispose che quella era una cosa bella, non era di certo una brutta notizia; una nuova vita avrebbe solo portato una grazia dentro la nostra casa, una gioia inaspettata.

Dopo mi chiamò per parlare con me e mi chiese semplicemente se volessi tenerlo, se ero sicura, e io dissi di sì, perché era vero. Se avevo provato timore e dubbi erano svaniti subito, dissolti dallo sguardo carico d'amore di Rosario e dopo anche dalle parole di mio padre, che guardandomi con tenerezza mi disse soltanto: "Desirè, tu davanti e io dietro."

Ed è sempre stato così.

I miei mi seguirono per tutta la gravidanza, erano loro ad accompagnarmi alle visite, ad aiutarmi, a sostenermi nei momenti in cui ero presa da qualche timore.

E io gliene sarò sempre grata.

A testa Alta – Desirè Vasta

# CAPITOLO 7

L'anno della gravidanza si sdoppiò in due percorsi opposti e paralleli. Da un lato c'ero io, felice per quella vita che nasceva dentro di me, coccolata dalla mia famiglia che faceva di tutto per farmi stare bene, visto il periodo delicato. Non mi è mai mancato nulla, nonostante i problemi economici.

Dall'altro c'era la difficoltà che loro sostenevano per ricominciare.

Avevamo il bar di mio fratello, ma d'inverno il lavoro scarseggiava ed era sempre mio nonno, il padre di mia madre, ad aiutarci in tutto. Ricordo che ci dava i soldi anche per comprare la legna in modo che potessimo scaldarci alla villa col camino, visto che il metano era troppo caro.

Non ci fu mai gelosia per questo tra mia madre e le sue sorelle, anzi. Lui aiutò quella figlia e la sua famiglia semplicemente perché era lei, noi, ad averne bisogno in quel momento, così come avrebbe fatto per qualsiasi altra. Sono grata a lui e alle mie zie e zii anche per questo.

Mio padre si dava da fare come poteva, faceva piccoli lavoretti in giro, come aggiustare i frigoriferi dei bar, ma anche altri ancora più umili, come quando raccolse carciofi per quello che, solo pochi anni prima, era stato un suo operaio.

Non fu una bella esperienza.

Quell'uomo sembrò sfogare su di lui dei rancori passati, meschina vendetta di chi chissà da quanto coltivava dentro di sé quel sentimento.

Mio padre non capiva perché si comportasse così, aveva sempre cercato di essere giusto con i suoi lavoranti, e la cosa lo scosse parecchio. Ma c'era bisogno di lavorare.

Il 26 gennaio 2010 iniziai a sentite i dolori del parto e corsi in ospedale.

Alle undici di sera tutti i miei familiari e parenti si ritrovarono lì, in totale saranno stati una cinquantina di persone, in attesa della nascita di mia figlia. Erano ormai nove anni che non c'era una nuova vita da festeggiare in famiglia.

Mia madre mi accompagnò in sala parto. Avevo preferito lei a Rosario, perché provavo vergogna all'idea che lui mi vedesse in quel frangente.

Posso immaginare cosa pensassero tutti: una bambina che dava alla luce un'altra bambina, perché io allora non avevo che quindici anni.

Dopo otto ore di travaglio nacque finalmente Gloria Divina. Ero diventata mamma.

All'uscita della sala, esausta e felice, mentre mi accompagnavano in stanza e io stringevo tra le braccia quell'esserino che ancora mi pareva un miracolo, il primo che vidi fu mio nonno. Aveva un basco in testa e se lo levò facendomi un inchino, per festeggiarmi e dare il benvenuto alla sua nipotina.

Quella notte fu diversa da tutte le altre, la mia vita era cambiata ancora e Gloria era un simbolo di rinascita e di speranza dopo quegli anni bui.


Il giorno dopo mio padre venne a trovarci vestito di tutto punto,

con giacca e cravatta, cosa che lui detestava ma, proprio come mio nonno, il suo fu un gesto per celebrare quella nascita nonché un atto di amore e rispetto nei miei confronti. Per quella sua figlia adorata che aveva ormai smesso i panni di ragazzina per entrare del tutto in quelli da donna.

Portò in regalo un grande papero giallo di peluche e un mazzo di rose, dentro un biglietto in cui era scritto:

"*Auguri alla mia bambina che diventa oggi una grande mamma*".

Rimasi in ospedale tre giorni e infine ci fu il momento in cui tornai a casa per iniziare la mia vita con Gloria. In parte del tutto diversa da prima e in parte ancora stranamente uguale, in quanto ero pur sempre in età scolastica e così dopo poco ripresi gli studi.

Non tutto fu facile.

Ero ancora una ragazzina e la mia felicità era contaminata dalla paura che accadesse di nuovo qualcosa e mi fosse portata via la serenità ritrovata. L'esperienza vissuta con mio padre era ancora troppo viva, quel senso di abbandono, se pur involontario, era conficcato dentro di me, così come l'addio avuto dal mio primo amore. Temevo che anche Rosario avrebbe potuto lasciarmi e quella paura mi rese egoista. Non ero ancora capace a essere un genitore, che già in me emerse l'istinto primitivo che ogni madre ha nel difendere i propri cuccioli. Io comunque vivevo con i miei genitori ed erano loro a occuparsi di me. Preferivo continuare così.

Non fu mancanza di amore, anche se lo fece vacillare, era

soltanto paura. E forse l'immaturità di una ragazza che troppo presto aveva dovuto superare prove dolorose e ora si ritrovava con un'enorme responsabilità tra le braccia.

Ci fu anche un episodio grave in seguito alla sua nascita, qualcosa che però io non vissi ai tempi, perché i miei cercarono di proteggermi anche da quello.

Qualcuno chiamò gli assistenti sociali.

Non so se per invidia o per meschina cattiveria.

Si presentarono motivati dal fatto che io ero minorenne, figlia di un mafioso, e questo quando mio padre era stato scarcerato perché innocente. Si aspettavano che, visto le difficoltà economiche che ancora affrontavamo, abitassimo in una casa povera, dove mancavano i requisiti per crescere una bambina.

Ma non era così.

I miei genitori avevano con sacrificio arredato una cameretta nuova per Gloria e i miei nonni mi avevano regalato il corredo per lei. La casa era pulita, c'era il benessere necessario, nulla mancava a mia figlia. E poi, a dirla tutta, nemmeno ai veri mafiosi avevano mai portato via i figli, eppure provarono ad accanirsi con noi ugualmente, anche in quel modo. Per fortuna tutto cadde, non c'era niente cui potevano attaccarsi.

E mio padre non era un pregiudicato come qualcuno ancora sosteneva.

Forse fu un segno di cosa potevamo aspettarci da chi deve tutelare i propri cittadini.

Il mio ritorno a scuola non durò come previsto.

Un giorno stavo ridendo con i miei compagni e l'insegnante si permise di dire che ero una madre snaturata.

Quella frase mi ferì moltissimo.

Le risposi che io ero una madre quando ero a casa e accudivo mia figlia, ma ero una ragazza quando ero in aula o stavo con i miei coetanei. La spensieratezza non dev'essere mai una colpa, eppure per me in quel momento lo fu. Mi sentii giudicata, anche mio padre lo era ancora.

Ricordo che un giorno provò a telefonare a un suo vecchio collega, cui aveva fatto molti favori, chiedendogli se potesse aiutarlo a trovare dei lavori.

Quello per tutta risposta gli disse: "Io con i mafiosi non ci parlo".

Insomma, c'era ancora chi ci guardava con occhi che giudicavano, l'ombra che era calata sulla mia famiglia sembrava non voler andare via.

Mio padre mi insegnò a fare le fatture e iniziai ad aiutarlo quando c'era lavoro, che ai tempi ancora scarseggiava, iniziando quella che sarebbe poi diventata la mia attività.

# CAPITOLO 8

Il 30 marzo del 2010 ci fu il processo di appello.

Mio padre viene assolto con formula piena da ogni accusa perché il fatto non sussisteva.

All'esito della vicenda giudiziaria, il Venerdì Santo del 2010, gli venne formalmente restituita l'azienda.

Dalla soddisfazione si passò però allo sgomento. L'impresa si trovava in condizioni disastrose, direi in macerie.

L'incuria, ancor più dell'usura del tempo, aveva compromesso i macchinari, i mezzi di lavoro, inoltre la situazione finanziaria era gravissima. Se prima la ditta era fiorente ora, dopo la gestione commissariale, registrava insanabili passività.

Mio padre provò anche a presentare una richiesta di risarcimento danni per ingiusta detenzione, ma la sua istanza venne rigettata.

Il giudice in questo caso motivò la sua decisione sulla base di una personalissima, quanto illegittima, interpretazione di alcune intercettazioni dalle quali, a dire della stessa, *"emergeva un quadro probatorio che induceva gli inquirenti a sbagliare le indagini."*

I carabinieri che avevano condotto le indagini, in udienza avevano dichiarato che *"nei confronti del Vasta non erano stati trovati elementi che lo legassero alla mafia locale"* e i collaboratori di giustizia chiamati dalla procura precisarono che il Vasta non era un associato.

La situazione era drammatica, da quel momento iniziò un calvario giuridico e burocratico, nonché umano, che prosegue ancora oggi.

In ogni caso nessuno di noi si perse d'animo.

Mio fratello chiuse il bar e a suo nome, naturalmente sempre sotto la guida di mio padre, aprì una nuova impresa investendo in questa attività ogni risorsa. Dovettero anche chiedere finanziamenti alla banca, tutto per realizzare quel sogno di riscatto che era poi il sogno di tutta la nostra famiglia.

Il nome della società è una dedica a mia figlia: Divina Acquedotti s.r.l.

Io mi chiamo Desirè Gloria, per quello il nome fu solo Divina, perché fosse chiaro come appartenesse solo a lei.

Cercavamo solo di ricostruirci una vita, ma mancava ancora qualcosa oltre alla sicurezza lavorativa.


Io abitavo sempre con i miei genitori e non ero sposata, anche se Rosario insisteva per farlo, nonostante una certa tensione tra noi.

Quando però riprendemmo a parlarne seriamente accadde che mia cognata Laura rimase incinta e ora era mio fratello che voleva sposarsi e subito. In fondo lui aveva già trent'anni.

Alla sua richiesta credo che a mio padre il cuore fece un balzo di felicità e, nello stesso istante, il mondo crollò. Sì, perché se da un lato era entusiasta della notizia, dall'altra c'era il problema che non sarebbe riuscito a pagare due matrimoni, visto che stava appena riprendendosi col lavoro.

Ci fece una proposta: io e Carmelo ci saremmo sposati lo stesso giorno.

Due matrimoni insieme…

Mio fratello subito non fu affatto d'accordo, pretendeva una festa tutta sua. Io ci rimasi male. Mio padre disse allora che, se avessimo insistito per fare due feste, il secondo si sarebbe sposato dopo quattro anni, in modo che potesse recuperare altro denaro per pagare le spese. E per di più avremmo dovuto decidere tra noi due chi sarebbe stato.

Chiaramente nessuno voleva aspettare tutto quel tempo, non era proprio possibile, sia perché Laura era incinta sia perché Gloria aveva già tre anni e Rosario scalpitava. A quel punto temevo quasi mi avrebbe lasciato.

Fu accolta la prima proposta.

Il giorno delle nozze fu bellissimo. La festa durò dal mattino fino alla sera inoltrata.

Inutile dire che il matrimonio siciliano è forse una tra le cerimonie più permeate di tradizione, così come è la nostra terra, ricca di sapori forti, costumi locali e sentimenti profondi che uniscono il presente con un'atmosfera di tempi passati. I colori vibranti della Sicilia sanno fare da sfondo perfetto a quello che è uno dei giorni più belli della nostra vita. E per me lo fu davvero. Mi sembrava una liberazione.

Dopo sei anni di sofferenze, tra l'arresto di mio padre e le sue conseguenze, la mia gravidanza e la gestione a volte sofferta nel creare un equilibrio tra me e Rosario, che mi pressava giustamente col suo amore per una vita insieme, mentre io ero ancora una ragazzina divisa tra lo stesso amore e le mie paure. Eppure lo sentivo, sentivo che quel giorno tutto sarebbe cambiato, che per noi, soprattutto per me, sarebbe stata una rinascita.

A volte serve un evento forte, significativo, per riuscire a stabilire un punto, per sentire uno stimolo dentro di sé e ripartire.

Per me fu quel giorno.

Quando scesi le scale nel mio abito da sposa, stringendo il bouquet tra le mani, il primo sguardo che incrociai fu quello di mio padre.

Aveva gli occhi lucidi.

Credo non smise di piangere fino alla fine e sono sicura che la sua emozione, ripartita tra noi figli, aumentava ogni volta che mi guardava, perché io ero la figlia femmina, la piccola di casa e un padre verso la figlia ha un senso di protezione particolare.

Avevamo ornato la villa dal giardino a ogni stanza. La torta era maestosa, cinque piani di delizia ornati da una decorazione di zuccherose rose rosse.

Mi sentivo bellissima, una principessa, non so se per l'abito che aggraziava le mie forme e risaltava l'incarnato, o per la gioia che mi illuminava il viso. Tutto era perfetto.

I miei, per regalarci quelle nozze, avevano sacrificato quasi tutti i loro risparmi, ma il loro unico desiderio era stato regalarci una cerimonia e una festa degne. Mia madre aveva vissuto con me i miei tormenti, così come aveva compreso i bisogni di Rosario, e voleva soltanto che ritrovassimo la serenità che due giovani dovrebbero avere e che iniziassimo a costruire il nostro futuro.

Se avevano provato a portarcelo via, ora un po' per volta ce lo saremmo ripreso.

Camminai lungo la navata al fianco di mio padre, gli strinsi forte il braccio e lui mi accarezzò la mano. Sembrava che quel breve tratto non finisse mai, ma quando incontrai il sorriso emozionato di Rosario tutto sembrò andare al posto giusto. Non sarei più stata solo una giovane ragazza, una figlia, una fidanzata, sarei diventata una moglie. Sua moglie. Ma la sensazione che lui avrebbe portato equilibrio nella mia vita mi tranquillizzò, ed è davvero ciò che ha fatto.

La giornata fu bellissima ed estenuante insieme. Dopo il lungo pranzo, le fotografie, la distribuzione delle bomboniere, per la sera avevamo organizzato un disco party per chi voleva ancora fermarsi a festeggiare con noi.

Mentre gli altri ballavano o si soffermavano sui vassoi colmi di pizze e focacce farcite, a un certo punto io scivolai fuori, sul terrazzo che dava sul giardino, a respirare l'aria lieve della sera. Là il chiacchiericcio e la musica arrivavano ovattati, il fruscio delle foglie negli alberi se c'era era così delicato da non fare rumore. Sembrava tutto fermo, sereno.

Proprio come mi sentivo io.

Dopo tanto tempo, mi riappioppavo di un po' di spensieratezza.

Poco dopo mi raggiunse mio fratello con aria preoccupata, per chiedermi cosa avessi.

Non era da me stare lì da sola mentre c'era una festa, io ero sempre stata quella chiacchierona e che amava ballare.

Gli risposi di stare tranquillo, che stavo bene, perché quelle nozze mi avevano liberato ed ero sicura che con Rosario al mio fianco non avrei più subito alcun male. Certo, era un'illusione, ma è vero che lui mi ha sempre fatto sentire più forte.

Mio marito sa darmi conforto, sa placare i miei momenti bui, mi tiene con i piedi per terra.

Lui è la mia parte positiva.

Alla fine della serata i miei genitori, insieme a ma figlia, ci accompagnarono in hotel. Mio padre piangeva ancora e non nego che anch'io sentii un nodo in gola. Avevo solo diciannove anni e fino a pochi giorni prima mi capitava ancora di dormire con mia madre.

Gloria avrebbe dovuto farci da damigella e portarci gli anelli, ma le venne una malattia dei bambini con la febbre e così fu una mia cuginetta a sostituirla. Per lo stesso motivo decidemmo di non andare lontano in viaggio di nozze, anche mia cognata non poteva viaggiare per la sua gravidanza, e così partimmo insieme, loro a Messina e noi a San Vito Lo Capo, in un agriturismo. Durò tre giorni.

Momenti che rimarranno sempre indelebili nella memoria, così come i primi giorni nella nostra casa insieme alla nostra piccolina.

Uniti come non mai.

# CAPITOLO 9

Mio marito, che prima lavorava come magazziniere, venne a lavorare con noi, fiduciosi dell'attività che sembrava procedere bene, tanto da poter mantenerci tutti. Purtroppo, presto i lavori finirono per scarseggiare, era inverno e gli impegni diminuivano, mio padre era ancora tenuto a distanza da molti e non gli offrivano grossi incarichi. Avremmo avuto bisogno di lavorare con gli enti pubblici ma, a causa della sua nomea, non era possibile.

Era ancora trattato come un mafioso.

Alla fine, Rosario decise di andare a lavorare in Belgio per riuscire a guadagnare qualcosa e mantenere la sua famiglia. Io lasciai la mia casa da sposina e tornai con Gloria dai miei genitori, continuando a lavorare con mio padre. Non mi mancava nulla, come sempre la mia famiglia mi proteggeva col suo abbraccio d'amore e così faceva con mia figlia, ma mi mancava mio marito.

Il 31 ottobre del 2012 nacque il figlio di Carmelo e Laura, e io divenni zia. Ero felice ed emozionata. Decisero di chiamarlo come mio padre, Filippo Vasta Junior, e sia quello sia il fatto che fosse il primo nipote maschio, fu motivo di grande orgoglio.

All'inizio mio fratello decise che la sua famiglia avrebbe vissuto in modo indipendente, in un appartamento tutto loro.

Era comprensibile, ma purtroppo non fu facilmente attuabile, perché economicamente non ci eravamo ancora ripresi e l'affitto pesava troppo sul loro budget. Mia madre gli propose allora di tornare a vivere con noi, tutti quanti insieme, in modo da aiutarli.

Come sempre i nostri genitori non volevano che il nostro bene e di certo erano anche felici di averci sotto lo stesso tetto, figli e nipotini. La villa d'altronde aveva un ampio spazio in entrambi i piani. Sotto avremmo abitato io e mia figlia insieme a loro; il piano di sopra, quello che una volta era la zona notte, sarebbe diventato un appartamento per Carmelo e la sua famiglia, c'era solo qualche lavoro di restauro da fare, attività che naturalmente lui e mio padre erano ben in grado di svolgere.

Così, quando Filippo Junior compì quattordici mesi, si trasferirono.

Ero contenta della cosa, i nostri figli sarebbero cresciuti insieme legando tra loro quasi come due fratelli e mi faceva piacere avere Laura vicino. L'avevo conosciuta quando avevo solo sette anni, tra noi c'era molto affetto. Un rapporto che si era costruito e modificato nel tempo, man mano che io crescevo e diventavo donna. La differenza di età mi aveva portato all'inizio a vederla come una figura autoritaria, non mi offendevo per i suoi rimproveri perché erano quelli di una sorella maggiore; tra noi ci sono sempre state confidenza e complicità e con lei ho condiviso più cose che con Carmelo, perché accomunate dalle incombenze e dai piaceri tutti femminili, come lo shopping o la palestra.

Ma soprattutto Laura era presente in tutto quello che ci è accaduto, nel bene come nel male, e ha continuato a esserlo.

L'ideale della nostra famiglia è sempre stato l'aiutarsi l'un con l'altro, il guadagno di uno è il guadagno di tutti e insieme ci sentiamo più forti.

Al di là delle difficoltà, delle prove dolorose che la vita ci ha messo davanti in tutti questi anni, il nucleo familiare è sempre stata il mio punto di riferimento, il mio rifugio.

Mio padre forse a volte ha dato poca importanza al denaro, preso solo dal lavoro più che dal guadagno, forse è stato troppo fiducioso verso le persone sbagliate e forse troppo ottimista riguardo la correttezza del mondo, ma ha sempre agito con amore.

Per ciò a cui teneva, la sua ditta, e soprattutto per noi.

Tra i membri della mia famiglia c'è un legame che non tutti

possono capire, siamo intrecciati con fili di seta per la dolcezza dell'affetto di cui sono fatti e d'acciaio per la loro resistenza. Distanti o vicini questi legami non verrebbero mai meno, ma non abbiamo mai sentito la necessità di allontanarci. Anche mio fratello, che all'inizio aveva sentito l'esigenza naturale di un proprio nido, fu felice poi di trovarsi, anzi di ritrovarsi, con la nostra *tribù*. Io amavo avere tutti loro intorno a me, quella è sempre stata la mia condizione ideale, che mi faceva e mi fa sentire protetta e sostenuta.

In quel periodo, avvolta dal calore di tutti loro e dalla felicità che aveva portato la mia bimba e mio nipote, ero sicura che tutto sarebbe andato di nuovo bene e ci saremo ripresi, ma accadde qualcosa che mi destabilizzò: mio nonno si ammalò e per me fu un vero colpo al cuore.

Quell'uomo forte come una roccia, col viso segnato dalle rughe del tempo e ancor più dai segni della saggezza che quel tempo gli aveva donato, aveva ceduto a un brutto male. Le sue guance si erano incavate e gli occhi erano stanchi, ma rimaneva in lui

quella dignità che sempre gli era appartenuta.

Lui era la tradizione, le radici, l'amore profondo e senza riserve che solo i nonni sanno dare ai propri nipoti.

Quando lo ricordo penso a un uomo bello, alto, l'espressione dura che sapeva sciogliersi in un sorriso e ancora oggi provo lo stesso intatto affetto.

Oltre al dolore per lui subentrò anche la mancanza di un aiuto economico, di cui in quel momento avevamo bisogno.

Ancora una volta il destino ci schiaffeggiava, ma ancora una volta non ci demmo per vinti.

A testa Alta – Desirè Vasta

# CAPITOLO 10

La nuova società si stava formando.

Lasciammo l'ufficio a Riesi, mio padre aveva deciso di costruire un capannone in un terreno di sua proprietà, vicino alla villa. In quel terreno c'era anche una casetta, mai usata prima e da restaurare, ma per il momento sarebbe andata bene. Iniziò così il trasloco da Riesi al capannone, oltre ai mobili bisognava trasferire tutti i documenti ed erano veramente un numero notevole, tanto che c'erano scatoloni e scatoloni ricolmi. In quell'occasione il mio compito fu di raccogliere la documentazione e, una volta scaricata nel nuovo capannone, smistare tutto e controllare ogni documento.

Insomma, un lavorone che mi avrebbe tenuto occupata a lungo, ma in parte inutile, giacché c'erano cose ormai vecchie, documenti che appartenevano alla precedente società e che non saremmo stati nemmeno tenuti a conservare. Mio padre ne era conscio, ma il tenerli era per lui un modo di trattenere con sé anche la vecchia impresa idraulica Vasta Filippo, mantenerla in qualche modo viva.

Io lo conoscevo bene, è sempre stato un uomo testardo, ma sapevo come approcciarlo e così, mentre eravamo insieme nel capannone davanti a quegli scatoloni, lo guardai e gli domandai:

*"Che ne diresti di bruciare tutte queste carte e costruire una nuova storia?"*

Lui alzò lo sguardo e subito temetti che avrebbe avuto qualcosa da ridire, invece fece un cenno del capo e con un sospiro rispose di essere d'accordo. La mia frase, che non rinnegava il passato, ma racchiudeva la determinazione e la speranza per quella nuova avventura che stavamo intraprendendo, lo aveva convinto. Solo una cosa precisò: avremmo bruciato tutto meno i libri contabili che risalivano al periodo del suo arresto, quando la ditta era stata gestita dall'amministratore incaricato.

Entrambi andammo col pensiero allo stesso momento, uno dei tanti nella lista dei ricordi dolorosi.

Qualche mese prima, nel 2013, mio padre si era recato a Palermo per parlare con un avvocato che gli era stato caldamente consigliato. Lo scopo era ottenere un risarcimento per tutti i danni e le perdite subite dalla gestione amministrativa dell'azienda, avvenuta dopo il suo arresto.

Io l'avevo accompagnato ed entrambi fummo impressionati dal lusso di quello studio prestigioso, tanto che, quando parlò con il legale, mio padre gli propose subito di poterlo pagare nel momento in cui avrebbe ottenuto il risarcimento, perché non aveva ancora i soldi necessari.

L'avvocato non contestò la sua intenzione e gli disse di lasciare i documenti, l'avrebbe richiamato da lì a qualche giorno.

Solo che i giorni passavano e non arrivava nessuna telefonata, come se si fosse dimenticato di noi.

Provò a telefonargli, più volte, ma quello si faceva sempre negare con una scusa o con un'altra.

Qualcosa non tornava.

Alla fine, sempre accompagnato da me quasi fossi per lui un appoggio morale, mio padre prese la macchina e facemmo due ore di viaggio per tornare nello studio di Palermo.

L'avvocato non lo vedemmo nemmeno, non sappiamo se fosse vero ma la segretaria ci disse che non c'era, aveva però lasciato detto di restituirci tutti i documenti da noi lasciati affinché li consultasse per la causa.

Era chiaro: non avrebbe preso quell'incarico.

Se subito si poteva pensare che fosse per la parcella e per la poca disponibilità finanziaria di mio padre, poi scoprimmo invece che i motivi erano tutt'altri.

L'amministratore che si era occupato della gestione della ditta era un collega dell'avvocato e in più era anche parente di un personaggio famoso dalle nostre parti e non solo, direi in tutta Italia. Un personaggio amato e rispettato, contro il cui nome non sarebbe mai andato nessuno, se pur di quel nome nei dati anagrafici dell'amministratore c'erano solo le lettere e non l'onore.

Ancora oggi c'è chi è restio ad aiutarci se si tocca quell'argomento e questa è stata una delle tante cose che ci hanno messo ostacoli nel cammino della rinascita.

In ogni caso tenemmo solo quei documenti e tutti gli altri furono bruciati.

Ora si iniziava la nuova storia.

A testa Alta – Desirè Vasta

# CAPITOLO 11

Il lavoro andava bene e nel 2014, dopo dieci mesi, Rosario rientrò in Italia.

Finalmente riuniti.

Le telefonate e le ansie che la distanza porta con sé, forse anche quel pizzico di gelosia e insicurezza, la paura di non essere presente in caso di bisogno e di non poter chiedere un abbraccio se fossi stata io ad avere troppa nostalgia, sarebbero scomparse.

La famiglia, la mia piccola nuova famiglia, poteva concretizzarsi e iniziare a crescere nel quotidiano, iniziando dai piccoli gesti condivisi del risveglio, come un bacio, un sorriso, un caffè insieme. Tutte cose che possono sembrare quasi banali, ma che se non vivi rivelano tutta la loro importanza. Non si può costruire qualcosa di solido senza imparare a conoscersi anche in quei gesti, che siano sorrisi o bronci momentanei per un litigio, che siano progetti piccoli come la cena per la sera o grandi come decisioni per il proprio figlio.

Ora eravamo insieme.

A quel punto ognuno di noi aveva il suo compito.

Mio marito era escavatorista e saldatore, mio fratello si occupava dei cantieri, io dell'ufficio come segretaria.

Mio padre si dedicò a un nuovo progetto, qualcosa di cui ancora adesso siamo orgogliosi: costruire una rete idrica a Manfria.

Manfria è una frazione balneare di Gela che da anni reclamava quella mancanza, tanto che c'era una polemica in corso tra il comune e la società che gestiva la distribuzione idrica, la Caltaqua. Tale società aveva dichiarato che sarebbe intervenuta con dei finanziamenti, ma i soldi non arrivavano mai e i progetti in realtà erano bloccati da almeno sei anni. I residenti erano costretti a farsi portare l'acqua con delle autobotti e sostenere così costi notevoli.

Mio padre intuì che poteva essere una grande occasione per noi, per la Divina, in quanto un gestore esterno avrebbe potuto costruire lì un acquedotto fai da te, non essendo di pertinenza di Caltaqua.

E noi saremmo stati quel gestore.

Per farlo definì il progetto e mise le condizioni per costituire un Consorzio.

Furono i residenti a riunirsi come Consorzio di utilizzatori e incaricare quindi la Divina Acquedotti di costruire e gestire una nuova rete idrica, compito che sarebbe dovuto durare trent'anni. Un giorno dell'aprile 2014 vidi arrivare in ufficio cinque persone del direttivo, pronte a firmare il contratto, seguito da una bella stretta di mano, siglando la partenza di quella nuova avventura.

Tutto era pronto, c'erano le autorizzazioni: dal Comune, dalla sovraintendenza, dalla società Caltaqua.

Era fatta.

Col primo assegno circolare mio padre comprò l'attrezzatura e i tubi necessari. Attraverso una talpa meccanica si sarebbero fatti degli interventi sotterranei per portare l'acqua nelle abitazioni. Era un investimento rischioso, le cifre erano molto alte e la gente del posto inizialmente era scettica del risultato, ma poi la cosa prese a funzionare. Uno dopo l'altro tutti capirono che la loro richiesta, per anni dimenticata, era stata resa possibile e che finalmente avevano la loro acqua e grazie a noi. In breve tempo le richieste per un allaccio idrico aumentarono.

Sembrò che tutto andasse alla grande.

Un pomeriggio Gloria ed io eravamo in piscina, entrambe in acqua, quando a un certo punto lei mi guardò e disse: «Tutti hanno un fratellino e io no.»

La guardai sorpresa e divertita.

«Lo vorresti?»

Mi rispose con un cenno della testa, mentre schizzava acqua intorno con le mani.

«E come lo chiameresti?»

Non ci pensò nemmeno un secondo.

«Edoardo. Perché è il nome di un principe» rispose convinta.

Sul momento sorrisi, ma poi riflettei sulle sue parole. In fondo poteva essere il momento giusto per allargare la famiglia, lei aveva cinque anni e un fratellino, o una sorellina, non avrebbe avuto una differenza di età troppo elevata.

Il sedici dicembre 2014 feci il test di gravidanza e apparvero due linee rosse: il desiderio di Gloria era stato esaudito.

Avevo ventun anni ed ero incinta del mio secondo figlio, ma ero felice.

La prima a saperlo questa volta fu mio madre e lei, emozionata e agitata alla notizia, telefonò subito a mio padre, che in quel momento era al lavoro. Così lui andò tranquillo da mio marito per esternargli i suoi auguri con un gran sorriso.

Quando immagino l'espressione che deve aver fatto Rosario mi viene ancora da ridere, seppe di essere diventato padre per la seconda volta non dalla moglie ma dal suocero.

La mia gravidanza procedeva in parallelo al trasloco nel nuovo ufficio, almeno fino al quinto mese, quando tutto fu pronto. Mese in cui cominciai anche a stare meglio, visto che fino a quel momento non facevo altro che essere preda delle nausee e vomitare, eppure nonostante il malessere cercavo di presentarmi sempre al lavoro.

Il due agosto 2015 nacque Edoardo.

Alle sette di mattina ero col costume in mano, pronta per andare al mare, quando si ruppero le acque.

Dopo un primo istante di smarrimento chiamai subito mio marito per correre in ospedale. Quello fu davvero un parto veloce, grazie forse alla mia giovane età e al fatto che era il secondo figlio, tanto che a mezzogiorno ero già tranquilla con il mio bambino in braccio.

Anche mia madre, da sempre spaventata dalla gravidanza e dal parto, paura che derivava dalle sue perdite, si tranquillizzò e poté gioire per l'arrivo del nuovo nipotino. Il primo maschietto della mia famiglia, il secondo nipote maschio.

Purtroppo, dopo quel momento così felice per tutti noi, nello stesso mese ce ne fu un altro davvero triste.

Il trenta agosto venne a mancare mio zio Salvatore, marito di una sorella di mia madre, braccio destro di mio padre nonché suo grande amico.

Ai tempi dell'arresto lui ne era stato davvero sconvolto, mai aveva dubitato, anzi, in quell'occasione ci aveva dato tutto il suo sostegno.

Abitava con la famiglia nella stessa casa dei nonni dove ci trasferimmo, al piano inferiore, e così ci vedevamo tutti i giorni. In quel periodo aiutò mio fratello nel curare gli interessi della ditta, almeno fino a quando fu requisita.

Era un uomo in gamba, oltre che con noi lavorava alla Forestale e in campagna. Era anche il padre della mia carissima cugina, e amica, Nancy, che collabora con me ancora oggi.

La sua morte fu un duro colpo per tutti, specie per mio padre, perché era sempre stata una figura importante nella sua vita; la tristezza sembrò di nuovo avvolgerlo, ma c'era il lavoro da portare avanti, anche perché nel frattempo le cose stavano davvero migliorando.

Il progetto prevedeva possibili ampliamenti e il 16 marzo 2016 fummo convocati alla conferenza di servizio in cui si discuteva di come estendere l'acquedotto in tutta Manfria, fino al Lido di Orlando. Venne chiesto a Caltaqua in quanto tempo avrebbe potuto realizzare la cosa, risposero che avevano già un progetto in tal senso ma solo per una parte della zona e che i tempi previsti sarebbero stati dai dieci ai quindici anni.

Mio padre rispose invece che la Divina Acquedotti avrebbe impiegato tre mesi.

Il lavoro fu nostro.

Comprammo altre attrezzature, mio padre e mio fratello iniziarono ad andare a fiere del settore, facemmo anche un nuovo ufficio.

Di quello non vedevo l'ora. Quello vecchio era freddo e l'arredamento datato e poco funzionale. Adesso invece c'erano più stanze e tutto era nuovo, in una stanza c'ero io e nell'altra un ragioniere nuovo assunto, un tipo molto ordinato ed equilibrato, oltre che laborioso, che mi insegnò ogni cosa sul lavoro. Ero entusiasta e imparai in fretta.

# CAPITOLO 12

Noi tutti continuavamo ad abitare nella nostra vecchia casa: i miei genitori, la mia famiglia e quella di mio fratello, ma in realtà non era davvero nostra. Quando era stata sequestrata l'azienda era passata all'amministratore giudiziario, il mutuo non era stato più pagato e la banca a un certo punto avrebbe voluto indire un'asta di vendita.

Il giudice l'aveva fermata in quanto la casa era un bene sotto sequestro e un domani, se ad esempio mio padre fosse stato dichiarato colpevole, poteva diventare proprietà dello Stato. Quando però mio padre era stato assolto, e qui in un certo senso la beffa, la ditta e la casa erano tornate di sua proprietà e quindi la banca poteva liberamente impugnare il provvedimento, cosa che il giudice non fermò.

Insomma, la sua innocenza portò come premio il rischio di perdere la nostra abitazione, visto che ai tempi non avevamo i soldi per ricomprarla.

Da quel momento rimanemmo attenti a seguire l'andamento dell'asta, aspettando il momento giusto per riprenderne la proprietà, fino al 2016, quando l'avvocato ci avvisò che c'erano dei possibili acquirenti.

Non potevamo più aspettare.

Mio padre non poteva fare un mutuo, né mia madre, così decisi di prendermi io quella responsabilità.

A marzo andai a chiedere il prestito in posta, proprio mentre mio figlio Edoardo quel giorno era all'ospedale per una gastroenterite.

La nostra casa era salva.

Come sempre era accaduto nelle nostre vite, le montagne russe del destino salirono e poi scesero di colpo.

Dopo la morte di mio zio avevamo assunto un nuovo escavatorista, si chiamava Gaetano ed era un uomo di una certa età e con grande esperienza. Aveva legato molto con mio marito, tanto che lo chiamava affettuosamente zio Ta o zio Tano.

Era il 28 aprile, verso le quindici del pomeriggio, l'orario di lavoro al cantiere a Manfria era finito.

Carmelo disse agli operai di caricare i furgoni con gli attrezzi e di portare le macchine nel deposito che avevamo preso sul posto, per non dover ogni giorno riportarle fino a lì, e poi trovarsi dov'era mio padre. Lui, nel frattempo, sarebbe andato a prendere il caffè per tutti, così come era ormai una piacevole consuetudine. Un caffè al mattino e uno a fine turno, per rilassarsi, fare due parole e creare un clima di armonia che aiutava nei rapporti personali come nel lavoro.

Tutto sembrava tranquillo, mio padre chiacchierava con gli operai che man mano arrivavano e Gaetano decise di andare a chiamare Rosario, ancora al lavoro.

Mio marito era occupato in una zona del cantiere che era delimitata e non accessibile a nessuno, in quanto considerata pericolosa.

Il suo compito era scavare con una mini pala cingolata Bobcat,

macchine che non sono munite di specchietti retrovisori e si

guidano con le cuffie antirumore alle orecchie. Per questo non è prudente aggirarsi nei loro paraggi, in quanto chi le guida potrebbe non accorgersi di avere qualcuno intorno.

Ma Gaetano probabilmente si sentiva sicuro di sé, troppi anni passati nei cantieri, quell'ambiente e quei pericoli erano diventati così familiari da essere sottovalutati.

Passò dietro il Bobcat, mio marito non lo vide, non lo sentì, non avrebbe potuto farlo neanche volendo.

Un istante, una fatalità, e accadde la tragedia.

Gaetano fu schiacciato dalla macchina, quando Rosario se ne accorse era già disteso a terra, anche se subito le sue condizioni non sembrarono così terribili.

Mio fratello intanto era arrivato e tutti, non vedendo né Gaetano né Rosario, andarono a cercarli.

E videro quella scena.


Ambulanza, carabinieri, in poco tempo ci fu una mobilitazione generale per aiutare Gaetano e capire cosa fosse successo.

Mio marito, disperato per ciò che involontariamente aveva causato, rimase in cantiere, mentre mio padre e mio fratello corsero in ospedale.

Rosario ricorda che fu proprio Gaetano, ancora lucido, a tranquillizzarlo, dicendogli che aveva solo male alla gamba e che non doveva preoccuparsi, tutto sarebbe andato bene.

Durante l'accaduto io stavo lavorando in ufficio, con me il ragioniere che a un certo punto ricevette una telefonata.

Dalla sua espressione e dalle poche parole che pronunciò capii che doveva essere successo qualcosa di grave, ma subito lui non voleva dirmi nulla, visto il coinvolgimento di mio marito.

Naturalmente non mi diedi per vinta e insistei fino a quando mi raccontò cos'era successo.

Telefonai subito a Rosario, mi bastò sentire la sua voce.

Era distrutto.

A quel punto c'era solo una cosa che potevo fare: correre da lui.

Mi trovai davanti a una situazione bruttissima.

La famiglia di Gaetano intanto era arrivata in ospedale e inveiva contro mio padre e Carmelo;

Rosario non era andato, i carabinieri lo stavano interrogando. Dopo averlo sentito, e aver controllato il Bobcat e il cantiere, lo sollevarono da ogni responsabilità.

Tutto era stato fatto nel modo previsto per legge e quella disgrazia era stata frutto solo di un gesto imprudente.

Certo quello non bastava a sollevare lui dal profondo dolore che sentiva, misto a un senso di colpa che, anche se non dovuto, era umano provasse.

Tornammo a casa affranti, era come un incubo dal quale speravamo ancora di risvegliarci, purtroppo non fu così.

Alle undici di quella stessa sera arrivò la terribile notizia.

Le cose non erano andate come aveva detto Gaetano, cercando di tranquillizzare Rosario, il problema non era solo la gamba.

Zio Ta era morto per emorragia interna.

I giorni che seguirono furono difficili per tutti, mai era successa una cosa simile nei nostri cantieri.

Mio marito era distrutto, quando eravamo a letto e io lo sfioravo per vedere se stesse finalmente dormendo, lui scattava come una molla. Cancellare l'immagine di Gaetano a terra non era facile.

Andai al corteo di Gaetano dalla casa alla chiesa, mentre mia madre andò al funerale con mio padre e altri operai.

Dissi a Rosario di restare a casa, i parenti non si davano pace e non capivano che era stata solo una disgrazia, ce l'avevano con lui e ancora oggi portano questo rancore nel cuore.

Posso comprendere il sentimento perché nasce dal dolore di una perdita, ma, anche se difficile da vedere, c'è pure il dolore di chi è dall'altra parte, come mio marito.

Rosario continua a portare con sé la scena spaventosa di quel pomeriggio. Lui e Gaetano erano amici e quello che è successo è stato un tragico incidente che ha fatto soffrire due famiglie, in modo diverso, certo, ma comunque profondo.

A testa Alta – Desirè Vasta

# CAPITOLO 13

Nel mese di maggio mi accorsi di avere un nuovo ritardo.

Ero agitata, non cercavamo una nuova gravidanza, ma non potevo fare finta di nulla.

Dovevo sapere.

Il 16 maggio rifeci il test, pregando che non fosse cosa mi aspettavo, ma sentivo già dentro di me quale sarebbe stato il risultato e mi lasciò senza fiato: aspettavo un bambino.

Di nuovo.

La presi malissimo.

Gloria era in prima elementare e Edoardo non aveva che otto mesi; io avevo solo ventidue anni e sarebbe stato il mio terzo figlio.

La prima sensazione fu di smarrimento, poi, anche se potrà sembrare strano, di vergogna. Nonostante fossi sposata, e non ne avessi alcun motivo, mi sentivo in imbarazzo nel comunicare a tutti di essere nuovamente incinta. C'era anche un problema pratico da considerare: io lavoravo in ufficio e mia madre si occupava di guardare i bambini, ma non era facile. Edoardo poi era stato irrequieto fin dalla nascita, dormiva poco, era agitato, spesso lei doveva fare i lavori tenendolo in braccio perché altrimenti era un susseguirsi di pianti e capricci.

Un altro figlio avrebbe significato un altro impegno per mia madre, troppo gravoso essendo il terzo, oppure io avrei dovuto rinunciare al mio lavoro. Sovente mi diceva, tra lo scherzo e

l'avvertimento, che in quel caso mi sarei dovuta licenziare.

E io non lo volevo.

Mi tormentai su cosa fare e mi sembrava che ci fosse un'unica soluzione possibile: fermare tutto.

Anche se era doloroso, anche se non era affatto facile.

Non riuscivo a vedere la parte della gioia e dell'amore in quel momento, vedevo solo le difficoltà.

Ne parlai a Rosario, manifestando la mia angoscia ed esternando la mia decisione. Non la prese bene, era pronto ad accogliere un altro figlio, ma ero sempre io che avrei dovuto affrontare quei mesi fino al parto e gli altri problemi dopo.

Sono sempre stata testarda e non lo ascoltai.

Presi appuntamento dalla mia ginecologa e mi recai decisa all'appuntamento, spiegando che non me la sentivo di portare avanti la gravidanza.

Quando tornai indietro, da sola in auto, non facevo che pensare alla nostra conversazione, a ciò che mi aveva detto Rosario, ai miei figli e... e alla fine mi chiesi che cosa stessi facendo.

Ero veramente convinta di compiere quel gesto, non mi sarei pentita un domani?

Non potevo, non era da me, quel figlio era arrivato e io l'avrei accolto. Girai l'auto e andai da mia madre.

Ci trovammo entrambe ad abbracciarci con gli occhi lucidi, nonostante la mia paura del futuro e il suo terrore per un nuovo parto, sapevamo che come sempre lei mi sarebbe stata vicina e mi avrebbe aiutato. E io sapevo che avrei affrontato ogni cosa.

Senza rinunciare alla mia attività, almeno per quello che

potevo, perché volevo continuare ad aiutare la mia famiglia.

Non ero sola, non lo ero mai stata.

Il lavoro procedeva e sembrò che quella ventata di soddisfazioni, e finalmente guadagno, non dovesse cambiare mai direzione, mio padre si illuse che non ci sarebbero stati intoppi e che la situazione fosse sotto controllo.

Ma non fu così.

Non c'era solo l'incasso da considerare, ma anche il costo di competenza, come in ogni impresa, e le spese erano diventate troppe, forse presi dall'eccitazione di quel ritrovato sviluppo.

In fondo quella dell'acquedotto era una gestione che doveva durare anni e con la possibilità di ampliamenti.

Le prospettive erano buone, almeno sulla carta.

Intanto, nel giugno di quell'anno, comprai formalmente la casa. Ora c'era anche la rata di un mutuo da pagare.

L'inaugurazione della nuova rete sarebbe dovuta avvenire il 30 giugno, ma il 27 si poteva già aprire il rubinetto.

C'eravamo riusciti e terminando anche in anticipo.

Ci fu una conferenza stampa per annunciare l'evento, con soddisfazione del Consorzio; si tenne una festa, mio padre fu chiamato sul palco e gli venne consegnata una magnifica targa che conserva con orgoglio.

Era tutto perfetto, ma non potevamo prevedere come intanto una rete si stava tessendo alle nostre spalle, una rete intrisa di invidia, presunzione e rancore.

Pronta per intrappolarci e poi farci cadere.

Il 30 giugno 2016 venne indetta una nuova conferenza di servizio, ma qualcosa era già cambiato.

Non fu invitata né la Divina Acquedotti, che era l'investitore, né il Consorzio che era l'intestatario delle autorizzazioni.

Una cosa a dir poco incomprensibile.

Al loro posto era presente Caltaqua, l'ATO Idrico (Ambito Territoriale Ottimale, che rappresenta l'area territoriale all'interno del quale viene organizzato il Servizio Idrico Integrato), il sindaco di Gela, forse il vicesindaco, il prefetto.

Di quella riunione ci sono giunte diverse voci, non certo a nostro favore, ma sono appunto voci, al di là di quello però c'è un fatto.

Ai primi di agosto la Commissione tolse la possibilità di accedere alla White List a due imprese, una di queste era la Divina Acquedotti.

Il motivo?

Il titolare Carmelo Vasta era il figlio di Filippo Vasta: il figlio di un soggetto che aveva avuto a che fare con la mafia.

Presero addirittura le intercettazioni del mandato di arresto, nonostante in passato si fosse già dichiarato fossero state oggetto di una errata interpretazione, non potevano e non dovevano più essere prese in considerazione. E poi per quale motivo rispolverare quei fatti? Invece li usarono contro di noi, senza tener conto minimamente della cosa più importante: mio padre era stato assolto con formula piena nel 2010.

Non c'era un senso nel riaprire una porta che era stata chiusa per sempre e che teneva fuori una parte dolorosa della nostra vita, se non quello di danneggiarci.

Eppure, una cosa così limpida e chiara come un'assoluzione, una cosa che aveva fatto nuovamente di mio padre quello che era sempre stato, un cittadino onesto, sembrava non avesse più valore.

Addirittura, venne fuori un fatto su di lui non veritiero e che non c'entrava nulla.

Affermarono avesse a suo carico una denuncia penale per lesioni personali, quasi come se fosse stato un violento nei confronti di qualcuno, quando il fatto a cui si riferivano era la denuncia di una signora che era caduta passando in un nostro cantiere. E a quanto pareva pure in modo ingannevole, per ricevere un indennizzo; infatti, anche per quella denuncia, c'era stata l'assoluzione.

Così, dopo sette anni in cui avevamo lavorato con la richiesta della White List senza nessun problema, con imprese pubbliche e comuni, avendo sempre le autorizzazioni necessarie, eravamo tagliati fuori.

Per chi non lo sapesse le White List sono elenchi istituiti presso ogni Prefettura, ai quali possono registrarsi tutte le imprese che lavorano in settori in cui esiste un maggiore rischio di infiltrazione di carattere mafioso. L'obiettivo è velocizzare il rilascio di provvedimenti come appalti pubblici, finanziamenti, forniture di beni e servizi, con la sicurezza di evitare suddette infiltrazioni. Chi appalta non deve più richiedere la documentazione antimafia se l'impresa è presente nella lista, i controlli risultano più efficaci.

Almeno così dovrebbe essere.

Ma per presentare domanda di iscrizione ed essere accettati in

queste liste, bisogna avere determinati requisiti e quindi essere sottoposti a controlli incrociati tra CED interforze del Ministero e Camera di Commercio.

Se si viene esclusi dalla possibilità di entrare in quelle liste, non si può più lavorare per gli enti pubblici.

Così era come se mio padre, un uomo che aveva sempre lavorato con dedizione e onestà, fosse nuovamente vittima di un errore giudiziario.

Era stato arrestato, aveva trascorso 1159 giorni in prigione da innocente, alla fine assolto definitivamente, ma ora la ditta di suo figlio non poteva lavorare nel settore pubblico. La colpa, avere un padre… innocente.

La cosa ci distrusse sotto ogni punto di vista, economico, ma non solo.

# CAPITOLO 14

Togliendoci la possibilità di iscrizione alla White List ripiombammo nella melma dei pregiudizi.

Chi prima ci chiamava adesso temeva di lavorare per noi, per non rischiare di essere macchiato da quel fango, e non trovavamo nuovi clienti.

Arrivammo a non avere nemmeno i soldi per gli stipendi degli operai. Prima se ne andò il ragioniere, poi man mano tutto il personale.

Quel buco nero che si stava allargando sfiorò anche la nostra famiglia nelle sue fondamenta, dividendoci tra dubbi e rinfacciamenti su ciò che era stato fatto, su come era stato gestito il lavoro o gli incassi ricevuti e su ciò che si doveva fare adesso. Ci trovammo io e mia madre da una parte e mio padre con mio fratello dall'altra. La

129

stanchezza stava prendendo il sopravvento, insieme alla sfiducia che le cose per noi potessero mai migliorare davvero.

Eravamo caduti, ci eravamo rialzati, ma quella nuova ricaduta era pesante da sopportare, perché era un peso che premeva sulle vecchie cicatrici, ferite che non si erano ancora rimarginate del tutto. Come potevano farlo, se nonostante l'assoluzione mio padre era considerato ancora quasi alla pari di un mafioso e noi con lui?

Come potevano guarire se continuavano a riaprirle, con

insinuazioni, gesti scorretti nei nostri confronti? La situazione era davvero insostenibile.

E in quell'atmosfera pesante accadde un episodio che mi fece soffrire molto.

In quel periodo si ruppe la caldaia e io e mio marito facemmo un prestito per ricomprarla. Era tutto un sacrificio, un limitarsi, un rinunciare.

Nel mio conto c'erano i soldi del mutuo, ma non potevo e non volevo toccarli, nonostante lo stipendio fosse spesso un miraggio.

In un clima di esasperazione e depressione mi capitò di compiere una disattenzione sul lavoro. Niente di irreversibile, ma mio padre quando lo seppe si alterò.

Il legame tra noi andava oltre a quello di padre e figlia, perché intessuto non solo di amore, ma di fiducia e stima.

Avevo sempre cercato di essere all'altezza del mio lavoro e delle responsabilità che comportava, sia per me stessa sia per aiutare nel modo migliore la mia famiglia. Avere compiuto uno sbaglio, se pur solo per distrazione, mi mortificava, ma ancor più mi sentii mortificata da quell'essere stata ripresa.

Forse dentro ognuno di noi rimane quel bambino o quella bambina che guarda i propri genitori non con lo sguardo di un adulto, nonostante già lo siamo.

E poi il mio intento era sempre stato renderli, mio padre in particolare, orgogliosi di me.

Nonostante tutto capii, oggi meglio di allora, che la sua reazione era figlia di un periodo di forte stress emotivo.

Forse un momento di rabbia non rivolta davvero a me, ma alle

ingiustizie della vita, fatto sta che quel giorno lo vissi male. Mia madre prese subito le mie difese e si misero a litigare tra di loro, così io uscii di casa e andai a cercare consolazione dalla nonna.

Lei sapeva sempre darmi una parola di conforto, fin da quando ero bambina, in quel modo che solo i nonni sanno fare, col loro patrimonio inesauribile di comprensione e affetto. È la donna più buona che abbia mai conosciuto e, da parte mia come di tutti gli altri nipoti, c'è un profondo amore che ci unisce.

Mio padre poi naturalmente capì, ma anche se durò poco quella frattura tra noi mi aveva fatto male, perché mai sperimentata.

Siamo sempre stati una famiglia unita e ancora lo siamo, ma nessuno di noi è perfetto e non vivevamo dentro una favola, ma nella realtà, quella che ogni giorno ti sbatte addosso problemi nuovi e a noi, di problemi, ne sbatterono in faccia parecchi.

Se prima riuscivamo a darci sostegno l'un l'altro, ora ci guardavamo smarriti, arrabbiati, sfiniti.

Io stessa volevo mollare tutto, non sentir più parlare della ditta; mia madre mi fece ragionare, mi disse di non farlo, di non arrendermi.

Non era da me, non era da noi.

Con lei pure mio marito intervenne sostenendomi e consigliandomi di resistere, era sicuro che ce l'avremmo fatta, prima poi, e alla fine ha avuto ragione.

Rosario conduceva i cantieri con mio fratello e mio padre, a cui si era da subito molto legato creando un rapporto di stima e affetto, forse anche per aver perso il suo quando non era che un bambino. Credeva nella ditta come fosse stato sempre di famiglia e non ha mai voluto abbandonare il suo lavoro; quando le cose si misero male decise di lottare al nostro fianco, senza mancare mai di darmi la forza morale di cui avevo bisogno.

Tutti insieme abbiamo fatto tanti sacrifici per riprenderci, io in quegli anni ho sempre lavorato nonostante le tre gravidanze, trascurando a volte anche i miei figli. Non sapevo cos'era la maternità, o la malattia o le vacanze.

Lavoro e basta.

Per fortuna c'erano ancora le bollette dell'acquedotto e quello ci dava un po' di respiro dal punto di vista economico.

Il conto ormai era vuoto, ma avevamo tre bambini da mantenere, tra i miei e quello di mio fratello, e io stavo per avere una bambina.

I soldi per la spesa erano contati, a stento riuscivamo a prendere lo stipendio, a volte uno doveva coprire due mesi. Questa cosa non sembrava avere una soluzione, non c'era lavoro per noi.

Il 28 dicembre del 2016 nacque mia figlia Clarissa.

Un momento felice, ma circondato da una profonda tristezza che rasentava la disperazione.

Non potrò mai dimenticare il giorno della Befana che arrivò nel nuovo anno. Non avevamo soldi, eppure ci sacrificammo per comprare la classica calza piena di doni e dolci ai bambini. A loro non doveva mancare niente e mai niente gli mancò.

A volte pensavo a com'era stata la mia vita fino ad allora, da quel maledetto giorno in cui i carabinieri erano entrati in casa nostra. Nonostante non fossi che una ragazza, era come avessi vissuto più vite. Non avevo potuto pensare alla discoteca o alle vacanze con le amiche al mare, come molti giovani della mia età, avvolti soltanto dalla spensieratezza e dall'allegria di quegli anni. Ero stata travolta da una serie di avvenimenti che mi avevano fatto crescere più in fretta di quanto mi aspettassi.

Il mio carattere si era indurito, forgiato da tutti i sacrifici e i torti subiti.

E fu proprio merito di quel carattere che alla fine presi una risoluzione.

# CAPITOLO 15

Il 2017 conobbe una nuova nascita, mia nipote Aria. Un momento felice, come ogni nuovo sorriso di bambino, ma eravamo ancora in difficoltà.

Il 4 agosto 2017 concretizzai la mia risoluzione e decisi di costituire una nuova società a mio nome.

In ogni caso la Divina senza White List non avrebbe più potuto lavorare, naturalmente avevamo fatto ricorso per cercare di risolvere la questione, ma i tempi burocratici erano infiniti, tanto che ci risposero solo nel 2020.

Per la legge di allora, se mi staccavo dalla ditta di mio fratello, e ne creavo una nuova, i soldi della disoccupazione che avevo maturato mi sarebbero stati dati tutti in una volta. Approfittai della cosa e nacque così Mondoacqua, ditta individuale di Vasta Desirè Gloria.

La visura camerale e l'oggetto lavorativo erano gli stessi della Divina, era ciò che noi sapevamo fare, che io sapevo fare.

Il primo lavoro che trovammo fu la costruzione di pale eoliche, fonti di energia alternativa che sfruttavano il vento, e un incarico di importazione del metano per un importante hotel di Palermo di nomea internazionale. Il mittente del lavoro era la stessa persona.

Per impiantare le pale bisognava avere una trivella orizzontale, o talpa, più grossa di quella in nostro possesso. Il lavoro però era sostanzioso e ci avrebbe assicurato un ottimo guadagno, in ogni caso non potevamo fare i preziosi, e decidemmo di comprare una trivella adatta allo scopo, naturalmente non con pagamento immediato.

L'attività legata all'hotel andò benissimo e ci saldarono, senza alcun problema, mentre nell'altra subentrarono fin da subito difficoltà.

Dall'inizio il loro trattamento nei nostri confronti fu quello di umiliarci di continuo e soprattutto cercare di denigrare me, che ero titolare e quindi dovevo parlare a nome della società, ma che ai loro occhi era solo una giovane donna che non credevano così esperta.

Forse non lo ero davvero come avrei dovuto, ma mio padre e mio fratello erano al mio fianco, la loro esperienza era la mia forza, e in ogni caso mi impegnavo più di chiunque altro.

Per essere presente al cantiere facevo due ore di viaggio all'andata e due al ritorno, i miei figli rimanevano con mia madre e io ero lì, ero sempre lì. Eppure mi guardavano con diffidenza e superiorità, anche solo se mi allontanavo per andare in bagno, che poi si trovava a due chilometri e non era affatto comodo. Ero l'unica donna, ero giovane, mi sentivo osservata come fossi un alieno.

Il vero problema però arrivo quando si capì che c'era stato un errore nella localizzazione del terreno: non si erano accorti della presenza di un tratto franabile dove non si poteva di certo trivellare.

Purtroppo ce ne accorgemmo a nostre spese.

Durante lo svolgimento dell'operazione le aste della talpa rimasero sottoterra.

Per l'impossibilità di proseguire il lavoro, visto lo stato del suolo, chiesero la risoluzione del contratto a mio padre, lui accettò per forza di cose, ma domandò ovviamente di recuperare le aste, il loro valore era elevato e noi dovevamo ancora finire di pagare la trivella. Non ci fu niente da fare, tanto che le aste sono lì ancora oggi, in più non ci pagarono le saldature.

Mio padre dovette chiamare il venditore della trivella, umiliandosi nel confessare che non aveva ancora i soldi per pagare tutto il dovuto.

Va detto che quell'uomo, che ancora oggi ringrazio, non infierì né cercò di rivalersi in alcun modo. Al contrario di altri che mai ci aiutarono in quei momenti bui, lui mise una mano sulla spalla di mio padre e gli disse che poteva restituire la macchina, senza preoccuparsi del valore perduto delle aste.

Riprendemmo a vivere nelle ristrettezze, ogni tre mesi fatturavamo dall'acquedotto e coprivamo un po' i debiti, continuando a prendere i soliti soldi contati a settimana, giusto per la spesa.

Nonostante tutto, l'acquedotto continuava a essere la nostra salvezza.

A testa Alta – Desirè Vasta

# CAPITOLO 16

Era il 2018, il mese di giugno, come sempre mi trovavo in ufficio e stavo controllando i movimenti contabili, quando mi accorsi che la cifra lasciata in banca il giorno prima era diventata negativa.

Negativa!

Ero giovane e ignoravo che i conti correnti potessero essere bloccati dai creditori. Chiamai allarmata mio fratello, che capì subito cosa fosse accaduto. Forse c'erano stati degli avvisi, dei decreti ingiuntivi, ma la realtà è che in quel periodo vivevamo in un vortice confuso di preoccupazione e tristezza.

Mia madre ed io iniziammo a occuparci della parte amministrativa, per cercare di capire in che situazione ci trovassimo davvero.

Al mattino portavamo i bambini a scuola o all'asilo e poi andavamo insieme in ufficio. Erano incombenze a cui né mio padre né mio fratello erano abituati, più rivolti verso il lavoro tecnico, pratico, che a quello contabile. Mio padre poi ha sempre avuto un rapporto superficiale col denaro, spendendo a volte più di quanto si guadagnava, perché per lui era importante il lavoro in sé e i risultati ottenuti, la soddisfazione dei clienti, più che la gestione della contabilità.

Io e lei invece ci trovammo subito come precisione e pignoleria.

Ci rendemmo conto che i debiti erano molti di più di quanto pensassimo, così come prima cosa decidemmo di fare una lista di tutti i nostri creditori, sia i dipendenti che ancora non erano stati pagati del tutto, sia i fornitori piccoli e grandi.

Lei comprò un quadernone con la copertina rigida e scrisse tutti i nomi, in modo che poi, uno a uno, venivano barrati quando il debito era risolto. Iniziammo da quelli piccoli, gli unici che al momento potevamo soddisfare, lasciando gli altri in un secondo tempo, in attesa di nuove entrate.

Non potevamo fare di più, perché non c'erano ancora altri incassi oltre a quelli dell'acquedotto. Non era più come anni prima, quando mio nonno poteva sostenerci, comprare la legna, fare la spesa e darci il suo contributo, ora potevamo contare solo su noi stessi.

Ricordo un fornitore, in realtà un amico di famiglia visto che erano molti anni che lavorava con mio padre e lo conoscevamo tutti, che venendo a sapere dell'apertura della Divina Service temette volessimo dichiarare il fallimento della Divina Acquedotti e non pagare più i nostri creditori, tra cui lui. Se fossimo stati degli imprenditori disonesti avremmo potuto farlo, certo, ma non era quello il nostro intento con la nuova ditta. Per noi la sua apertura era stata solo una necessità di sopravvivenza.

A quanto pare il cognato, combinazione di professione avvocato, gli consigliò di stipulare un documento in cui gli garantivamo che avremmo saldato ogni cosa gli dovessimo, indipendentemente se per crediti e incassi relativi alla Divina Acquedotti o alla Divina Service, sottoscritto da tutti i membri della nostra famiglia. Il giorno in cui andammo nello studio per firmare mia madre si sentì mortificata, era comunque una forzatura che dimostrava quanto quell'uomo non avesse fiducia in noi. Io non provai imbarazzo, più che altro delusione: conosceva mio padre da una vita.

Un altro, cui dovevamo dare una certa cifra, chiese invece a mio padre il prestito di un

macchinario che ne valeva il doppio e poi decise
di tenerselo per garanzia. Io dico come ostaggio,
visto che ancora oggi è in mano sua.

Molti ci hanno deluso lungo questa strada, altri
ci hanno proprio voltato le spalle, ma ci sono
state anche persone che hanno teso una mano,
poche, ma proprio per questo ancora più
preziose.

Eravamo spenti, l'amarezza avvolgeva ogni cosa
e impediva di vedere la realtà in modo lucido e
affrontarla come sempre. Quando annaspi per la
sopravvivenza, cerchi solo il modo per uscire dal
pantano e non ti curi di altro, a volte anche di
cose importanti.

Ci sedemmo tutti al tavolo insieme al nostro
commercialista, dovevamo decidere cosa fare al
più presto, anche perché a giugno avremmo
dovuto incassare il secondo trimestre
dell'acquedotto e per noi era chiaramente
importantissimo, se non vitale. L'unica soluzione

era quella di aprire un'altra società e decidemmo di chiamarla la Divina Service.

Il commercialista ci spiegò che in quel modo avremmo potuto

stipulare un contratto di affitto tra la Divina Acquedotti e la Divina Service, dove la prima dava in gestione l'acquedotto alla seconda che quindi avrebbe potuto ritirare le bollette.

Il consiglio fu buono, anche se poi quella stessa persona non curò più i nostri interessi, ma questa è un'altra storia, dove vede di nuovo mio padre fidarsi delle persone sbagliate.

Mia madre venne nominata amministratore della nuova azienda e io socia in minoranza.

Andammo in posta per aprire un conto, senza trovare problemi, ma in banca nuova sorpresa, in negativo: il conto ci venne rifiutato. Mia madre era segnata come debitrice insolvente per il vecchio mutuo aperto con mio padre sulla casa e non le avrebbero concesso alcun prestito.

A quel punto c'ero solo io che potevo assumere il ruolo di amministratore. Mio fratello era stanco, non voleva più saperne, aveva bisogno di essere sollevato da quel peso che lo stava schiacciando, anche se rimaneva con noi nel lavoro e ci sosteneva. Ma non se la sarebbe sentita di assumere quella responsabilità.

Nel giro di poco dovemmo fare un'altra pratica dal notaio… e conseguenti altre spese.

La Divina Service era la mia nuova ditta, almeno formalmente, perché in realtà era ed è la ditta della mia famiglia. Ho sempre avuto rispetto per i sacrifici fatti da mio padre e mio fratello, al mio fianco ci sono e ci saranno sempre anche loro. Era stato mio padre a comprare i macchinari, a costruire il capannone sul suo terreno. Non poteva più essere lui l'amministratore, ma sarebbe stato una sua figlia per lui.

Tutti in realtà ci eravamo sacrificati molto, anch'io nonostante la mia giovane età, ma era per il bene delle nostre famiglie e non mi pesava. La vita doveva andare avanti, con nuova grinta.

# CAPITOLO 17

I primi sei mesi del 2018 furono disastrosi, eravamo per lo più impegnati a saldare i debiti.

Nel luglio di quell'anno dovevamo pagare i fornitori o ci avrebbero staccato il servizio.

Era necessario chiedere un prestito.

Io avevo il mutuo per la casa, mio fratello era protestato, mia madre non poteva, rimaneva mio padre. Certo, anche per lui era difficile, ma io pensai che bisognasse almeno provare.

Andai da lui e lo trovai seduto sul divano, alle quindici di pomeriggio, una cosa impensabile. Non era ma stato capace di stare lì, con le mani in mano.

Aveva un'espressione distrutta.

Gli esposi la mia idea e lui mi urlò contro. Ricordo che aveva gli occhi sgranati e rossi.

Mio padre è un uomo buono, ma uno dei suoi difetti è quello di alzare il tono della voce quando è arrabbiato o agitato. Era soltanto esasperato da tutta la situazione, come un po' tutti noi. È anche un uomo difficile da convincere, ma io sono sempre riuscita a persuaderlo e così decidemmo di provare.

Andammo in banca a Gela. Purtroppo, come lui si aspettava, non lo ritennero affidabile.

Durante il viaggio di ritorno nessuno di noi due osava parlare, il silenzio era pesante come piombo, quando a un tratto lui mi

disse di guardare nel cassetto dell'auto.

Si era ricordato di una signora che era passata al cantiere tempo prima e aveva lasciato il suo biglietto da visita, dicendo che lei poteva aiutare in caso di bisogno di finanziamenti.

Presi quel biglietto tra le mani, una parte di me ormai era scettica, l'altra lo guardò con quella speranza ostinata che non mi faceva mai mollare.

Quella signora invece ci fu mandata davvero da un angelo.

Come promesso riuscì a far ottenere a mio padre un finanziamento alla Deutsche Bank.

Nel giro di un mese avemmo i soldi sul conto, per pagare i nostri debiti.

Gli unici proventi erano quelli dell'acquedotto e a volte avevamo difficoltà a ritirarli. Cambiando ditta, e dando la gestione alla Divina Service, era cambiato anche l'iban a cui pagare, ma molti clienti non ci facevano caso e io dovevo preoccuparmi di avvertirli e rispiegare ogni volta la cosa, o il pagamento sarebbe stato nullo. In più molti pagavano in ritardo ma non potevamo intervenire, erano troppo pochi per staccare l'acqua, avremmo rischiato di perdere un cliente e un conseguente guadagno.

Quando iniziammo a vedere che i debiti diminuivano e che qualche lavoro arrivava, e soprattutto quando vide che stavo gestendo bene tutta la situazione, mia madre si ritirò e tornò alle sue incombenze preferite: a casa e con i nipoti.

Ricordo quegli anni di sacrifici, che non sono mai del tutto finiti almeno per il lavoro, e penso a quanto mi costò come madre.

Mia figlia Clarissa a otto mesi era già all'asilo nido, la nonna non poteva occuparsi di tutti dal mattino alla sera, ma è stata comunque lei a crescerli. Io spesso dovevo scegliere tra lo stare con loro o occuparmi della ditta e questo dal mattino fino alla sera tardi. Seduta a una scrivania o fuori per lavoro o a una riunione, ma sempre lontana.

C'è stato un periodo in cui lasciavo i miei figli addormentati e li rivedevo già nei loro letti, senza neanche il tempo di ricevere il loro sorriso o regalargli una carezza, se non quella che posavo sui loro visi con estrema delicatezza, per non svegliarli. A volte mi chinavo su di loro e inspiravo quell'odore così buono che hanno i bambini, quando sanno ancora di latte e borotalco e poi quando profumano di corse, di risate, di vita.

Si dice di lavorare come se non si avessero dei figli e di crescerli come se non si lavorasse, ma è una frase che è rivolta sempre alle donne, dilaniate tra i due ruoli.

Noi siamo come la dea indiana Kalì, quella con quattro braccia, impegnate a fare più cose alla volta, e nello stesso tempo siamo come quelle vecchie bilance a bracci, che cercano di mantenere i due piatti in equilibrio.

È un lavoro immenso, perché se pende troppo da una parte allora stai trascurando una delle due cose.

Ma quell'equilibrio è quasi impossibile.

Ci sono scelte che la vita ti pone davanti e da qualsiasi parte ti giri proverai sensi di colpa o motivi di orgoglio.

Io li provavo entrambi.

Non era facile andarsene quando magari il piccolo dormiva, l'altra piangeva e c'era chi ti teneva il broncio.

Con Gloria ho passato il periodo più difficile.

Quando lei era piccola io non lavoravo sempre e non così intensamente come accadde dopo. Era abituata non solo ad avermi tutta per lei, ma ad avere la mia presenza quasi costante.

Ricordo ancora quanto fosse arrabbiata con me.

Mi urlava che le altre mamme non lavoravano, non come facevo io almeno, mi teneva il muso e arrivò a dirmi che sarebbe sempre rimasta a dormire dalla nonna, cosa che a volte accadeva proprio per i miei impegni, e non sarebbe tornata a casa fino a quando io non avrei smesso quella vita.

Mi inginocchiai davanti a lei e le spiegai che non lo facevo per non starle vicino e che avevo bisogno di lavorare, non per me stessa, ma proprio per lei, per i suoi fratelli, per le nostre famiglie. È difficile da capire per una bambina, quando il suo mondo ruota ancora intorno alla parola "mamma", ma col tempo anche lei ha compreso.

Tutto quello che ho fatto e che faccio è per loro, perché non abbiano le difficoltà che ho vissuto io, perché un domani possano andare all'università, non trovarsi in ristrettezze, perché abbiano una certa serenità, quella che i miei genitori volevano per me e mio fratello Carmelo. I venti del destino poi hanno soffiato contro di noi, e so che non potrò mai costruire un riparo del tutto sicuro, ma devo provarci.

Non è quello che fa una madre?

A testa Alta – Desirè Vasta

# CAPITOLO 18

Il lavoro mi piaceva e ormai ero in grado di gestire tutto, ma il problema era che stava diventando troppo per una persona sola. Verificando ogni dettaglio con attenzione avevo scoperto che c'erano cose che non erano state fatte nel passato, come giustificare i movimenti, controllare e saldare le buste paga, i contributi. In più il commercialista del tempo, forse perché anche lui, nostro malgrado, aveva subito un ritardo degli stipendi, sembrava ormai non interessato ad aiutarci davvero e quindi dovetti fare a meno di lui.

Avevo bisogno di un aiuto.

La prima soluzione fu assumere una ragazza, brava ma un poco scorbutica, che stava in ufficio mentre io mi occupavo più degli impegni all'esterno, come andare in banca, dai clienti e così via.

Non c'era una grande armonia, ma non potevo farne a meno.

E poi accadde una cosa per me bellissima, una collaborazione che ancora oggi continua e che in quel periodo spazzò via tante giornate grigie per trasformarle in giornate ricche di risate.

Mia cugina Nancy rientrò a Riesi, dopo un periodo di convivenza e lavoro al nord, a Torino.

In quel momento era senza occupazione, una situazione che non le piaceva. Noi eravamo, al di là del legame di parentela,

soprattutto due grandi amiche, insieme stavamo benissimo.

Veniva spesso a trovarmi a casa, ma io non potevo mai passare troppo tempo con lei, presa com'ero dalla ditta, visto che a volte nemmeno rientravo per mangiare tranquillamente seduta a tavola.

L'idea mi venne così.

Le chiesi se le sarebbe piaciuto lavorare con me, in ufficio.

Subito rispose che mi avrebbe aiutato volentieri se avessi avuto bisogno, ma come amica, senza chiedere nulla. Non ero d'accordo, ma naturalmente apprezzai il gesto, così arrivò e si prese pure il suo portatile personale, visto che avevamo solo due computer e uno era per l'altra ragazza.

Quella sembrò non apprezzare la novità, invece di aiutare Nancy nel lavoro o cercare di diventarle amica, le era quasi avversaria, Ci pensai bene e alla fine decisi di licenziarla, dopo averle pagato tutto ciò che le dovevo. In fondo in quel momento era naturale che, soprattutto a fronte di un rapporto di lavoro recente e poco armonico, dessi la priorità a un familiare.

Nancy iniziò a collaborare con me in modo ufficiale, io le insegnai tutto ciò che sapevo, con pazienza e fiducia, ma è una ragazza sveglia e non trovai grandi problemi; anzi, adesso credo quasi sia la più esperta e come me è rimasta coinvolta con entusiasmo da questa attività.

Ricordo quelle giornate con gioia.

A differenza mia ha un carattere più chiuso, timido, ma forse proprio perché complementari insieme funzioniamo alla grande. E lavoravamo e lavoriamo con passione, ma anche in allegria.

Per me allora fu una ventata d'aria fresca.

Tutto sembrava prendere di nuovo forma, il suo arrivo mi aveva donato energia positiva, non mi sentivo più sola come ero ormai da quasi due anni. Mio fratello e mio padre non erano mai in ufficio e io mi occupavo non solo delle incombenze amministrative, ma anche delle letture dei contatori. Quando Nancy mi accompagnò a Manfria, per la lettura dei contatori, ero felice: per la prima volta non avrei mangiato in solitaria un panino sulla spiaggia, come facevo sempre. Il paesaggio era bello, ma quella solitudine era pesante.

Ora c'era Nancy.

Certo, a fine giornata anche lei, partita entusiasta per condividere con me quella nuova incombenza, si rese conto di quanto quel lavoro fosse duro, ma la cosa non la smontò, anzi.

Insieme lavoravamo molto, ma riuscivamo a divertirci.

Ci fu un episodio che ricordo con un sorriso.

Per leggere i contatori, visto che molti erano dentro a dei pozzetti, dovevamo vestirci con i jeans o dei pantaloni lunghi, e nemmeno molto leggeri, anche in piena estate, perché avremmo rischiato di sporcarci o graffiarci con erbacce e ortiche.

Ormai eravamo a fine giornata, stanche, sudate, mentre nella spiaggia poco distante probabilmente i turisti prendevano il sole in relax. Eravamo entrambe armate di pinze a pappagallo e di tenaglie per aprire lo sportello dei contatori che, a volte, diventavano duri anche a causa della ruggine. Una signora ci vide da lontano, con quegli attrezzi in mano, tutte vestite e disfatte dal calore della giornata, e scappò via allarmata.

Noi sul momento sorridemmo, ma poi quando salimmo in auto ci accorgemmo che un'altra macchina ci stava venendo dietro e a un certo punto ci bloccò la strada. Uscì quello che probabilmente era il marito della signora, seduta accanto a lui, chiedendoci cosa stessimo facendo.

Dovetti spiegargli che ero della Divina Service e che stavamo andando a leggere i contatori, la cosa si risolse, ma da quella scena Nancy ebbe l'idea di creare un'uniforme, una maglietta, che ci identificasse.

Una fantastica idea.

Nancy mi dava sicurezza, il suo aiuto si rivelò presto prezioso. Ancora oggi lei è il mio braccio destro, la rendo partecipe di tutto, considerandola quasi una socia.

Le mie migliori amiche in fondo le ho trovate sempre nella mia famiglia, come le mie tre cugine.

Nancy, Chiara e Raissa, la più piccola.

Un'eccezione è Martina.

Con lei ci siamo conosciute quando avevo nove anni, ci trovavamo nel quartiere dove risiedeva e dove abitavano i miei nonni.

Crescendo siamo rimaste unite, al contrario di altre amicizie scolastiche perse per strada. Non abbiamo potuto fare molte cose insieme, ma era consuetudine trovarci per chiacchierare e bere un caffè. Da piccole il trio era composto da Martina, Chiara ed io, e proprio noi due siamo state le testimoni al matrimonio di Martina.

Come ho sacrificato in parte il mio ruolo di madre, così ho sacrificato anche tanto della giovane ragazza che avrei potuto essere.

Avevo una compagnia di amici, ma l'ho lasciata perché a un certo punto ho deciso che prima di tutto doveva venire la nostra ditta, l'aiuto alla mia famiglia.

Stessa cosa è stata con Martina, i nostri incontri si sono diradati, anche se rimane presente nella mia vita.

Da due anni a questa parte ho concentrato tutto nel lavoro, per riuscire a sviluppare la Divina Service e affermarmi come imprenditrice.

Ho portato avanti la lotta con i miei avvocati per ottenere la White List.

Mi sono iscritta all'università in economia con l'intento poi di passare alla facoltà di giurisprudenza.

Ho scelto altro.

Ancora una volta, come sempre nella mia vita, è prevalso il senso del dovere verso i miei genitori e verso i miei figli, nonché la passione in questo lavoro che ormai fa parte di me. Non so quante donne della mia età potrebbero sostenere certe tensioni, impegni, confronti, giostrarsi tra ufficio, università e tre figli, ma io ce l'ho messa e ce la sto mettendo tutta. O forse ci riesco proprio perché sono una donna e noi tutte conosciamo nel profondo il significato della resilienza e del coraggio.

La mia corazza si è fatta sempre più dura, come dice mio marito io mi trasformo quando esco di casa per andare in ufficio.

Lascio il sorriso giocoso e indosso la grinta che devo avere in un mondo prettamente maschile, che ho imparato a conoscere anno dopo anno e che ora mi accetta.

Non tornerei indietro, perché nonostante tutto io amo quello che faccio, non potrebbe essere diversamente.

Ora mi piace partecipare alle riunioni e portare avanti le mie idee, e ne ho sempre tante, ho una certa inventiva e credo di essere brava nel relazionarmi. Ecco, quel essere logorroica non lo lascio a casa, ma forse anche questo è un mio punto di forza.

E questa è la mia vita.

# CAPITOLO 19

Man mano le situazioni si sbloccarono, i debiti erano stati quasi tutti pagati, dei soldi finalmente entravano.

E io mi sentivo bene, nuovamente soddisfatta del mio lavoro.

Se all'inizio avevo affrontato le cose per aiutare la mia famiglia, ma ancora con uno sguardo innocente su tanti aspetti, man mano mi ero resa conto di ciò che era successo, dei disagi che i miei avevano dovuto affrontare, dei torti che avevano subito.

Loro mi avevano dato un esempio che ancora oggi mi porto appresso: se cadi o ti fanno cadere, devi rimboccarti le maniche e rialzarti.

Da mia madre ho preso la riservatezza di piangere da sola, per non mostrare i momenti di debolezza o di sofferenza; se le lacrime spuntavano davanti ad altri erano sempre e solo di stanchezza. Lei mi ha trasmesso la forza, o forse è semplicemente il sangue che scorre nelle nostre vene e che porta l'impronta di mio nonno e la sua educazione quasi militare, quella che lei e le sue sorelle hanno ricevuto, come fossero state delle guerriere. A qualcuno sarebbe sembrato duro, ma era stato il suo modo per prepararle ad affrontare la vita, e per mia madre era stato un dono. Si era fortificata a causa di tutte le difficoltà che il destino le aveva messo davanti, ma soprattutto grazie a lui.

Ricordo che quando eravamo piccoli, io e i miei cugini, e giocavamo facendo schiamazzi, appena sapevamo che mio nonno era in casa ci zittivamo di colpo, temendo il suo rimprovero.

Rigoroso, ma con un cuore d'oro.

Per tutti i suoi familiari avrebbe dato l'anima e si sente ancora la sua mancanza, ma è rimasto il suo insegnamento.

Mia madre è sempre stata un riferimento.

Non ho mai compreso quei rapporti familiari distanti dove si parla solo del più e del meno e ci si rivolge piuttosto a un amico o un'amica per esternare il proprio cuore. Non è che non mi confidi anche con Nancy o altre persone care, ma la famiglia per me è il centro di tutto. Il legame del sangue e dell'affetto è sempre stato qualcosa di presente, di forte e mai oppressivo; non ho mai lontanamente pensato, come si sente a volte dire dai giovani, a fuggire da loro per la mia indipendenza. Anzi.

Non potrei vivere lontano, siamo un piccolo mondo e sopravviviamo soltanto insieme.

E a mia madre ho confidato ogni cosa.

Una delle nostre abitudini è sempre stata quella di fare colazione insieme.

171

Prima di andare a lavorare, o mentre accompagno da lei i bambini se non vanno a scuola o all'asilo, mi fermo nella sua cucina e la osservo preparare la caffettiera, con gesti sicuri e tranquilli. Le racconto i miei pensieri o le preoccupazioni per quello che mi aspetta in ufficio, mentre l'aroma del caffè invade la stanza e tutto sembra permearsi di un profumo di intimità, di affetto.

Ci sediamo l'una accanto all'altra e giriamo lo zucchero nella tazzina, con gesti lenti e sempre uguali, piccole consuetudini che scaldano il cuore.

Parlare con lei mi dà la giusta carica per affrontare al meglio la giornata, assorbo un po' della sua energia, della sua positività, confortata da un senso di dolce e familiare abitudine.

Lei per me c'è sempre stata e so che sempre ci sarà.

Mi ha aiutata con i miei figli, consigliandomi con l'esperienza vissuta con me e mio fratello. Mi ha sorretta nei momenti di difficoltà, quando arrivavo con le lacrime agli occhi perché mi avevano ferita. Quando ho iniziato a viaggiare da sola per lavoro, appena compiuti i diciotto anni, rimaneva in casa con quell'ansia dell'attesa che forse solo le madri sanno veramente comprendere. Mi ha aiutato quando avevo bisogno in ufficio.

Si è sempre mostrata orgogliosa di me, cosa che non esita a dirmi.

Se non ci fosse stata lei non so se sarei mai arrivata a dove sono oggi. E la stessa cosa vale per mio fratello, per mio padre. Lei è la nostra forza, la colonna portante della famiglia. Sa ascoltare le lamentele di tutti, i nostri screzi, diventa mediatrice, consigliera, sa trovare la soluzione, spronarti nel non farsi prendere dallo sconforto e tornare a combattere e, soprattutto, lo fa sempre con un sorriso.

Da quando sono madre la comprendo ancora di più, so che ha sempre agito per amore del marito e ancor più per quello dei figli, proprio come ora faccio io.

Anche se alla mia età mi sento come se avessi vissuto molti più anni, so che avrò sempre qualcuno a sostenermi e so che da

ognuna di queste esperienze ho appreso ciò che mi serviva. Perché ogni esperienza, anche la più negativa, mi ha fatto crescere.

Ho la certezza che la vita sia una ruota che gira e che ai momenti brutti si succedono sempre quelli belli, che dopo ogni caduta c'è una risalita e dopo ogni torto una rivalsa.

Forse non ho ancora ottenuto piena giustizia, ma accadrà.

# CAPITOLO 20

Se ora al lavoro era serena, in casa c'erano ancora problemi.

Si creò una situazione che mi accompagnò per quasi cinque anni e riguardava la mia figlia maggiore, Gloria.

Fin dalla prima elementare aveva iniziato a subire atti di bullismo.

I bambini sanno essere crudeli, ma a volte gli adulti, quelli che dovrebbero salvaguardare chi è a loro affidato, non sanno riconoscere certe situazioni con la giusta sensibilità o non sanno aiutare come dovrebbero.

Gloria quel primo anno ebbe un problema ai reni, questo la costrinse spesso a stare a casa e a non riuscire a stare al passo degli altri compagni di classe. Non aveva l'amichetta del cuore, quella con cui prendersi per mano e andare a giocare nell'intervallo, con cui scambiarsi i compiti o solo confidenze e sogni di quella età. Non aveva amici veri.

Io la vedevo sola tra gli altri, intuivo la sua tristezza quando tornava a casa, anche se lei non me ne parlava.

Di carattere è sempre stata l'opposto del mio, introversa e poco chiacchierona quanto io ami invece parlare. Fragile, non con quella corazza che io avevo costruito fin da bambina per affrontare le vicissitudini della vita. E in fondo io stessa stavo ancora imparando a farmi valere.

Lei era come un fiorellino in mezzo ai rovi, così la vedeva il mio cuore di mamma e non ero serena.

Con le maestre c'era quasi una lotta per chiedere un aiuto e a volte mi pareva di non essere ascoltata.

Un giorno mi venne detto che pensavano di affidarle un sostegno, in quanto si era scoperto fosse disgrafica, un disturbo della DSA che riguarda la scrittura di parole e numeri. Poteva essere stato causato proprio da quel clima di tensione, da una scarsa autostima o disadattamento, tutti fattori che contribuiscono negativamente sullo sviluppo di un bambino.

In più il suo livello di concentrazione arrivava a stento a un minuto, e quindi era difficile per lei seguire le lezioni con profitto.

Non sarei stata contraria a un sostegno se ne avesse avuto un reale bisogno, anzi, ma il fatto fu che, quando andai a parlare con la psicologa, questa mi disse che non era così.

Secondo lei Gloria aveva solo bisogno di maggiore attenzione da parte delle sue insegnanti, mi suggerì di rivolgermi a loro e questo portò a nuove tensioni per me.

Anni difficili, soprattutto quelli di quarta e quinta elementare.

Nel frattempo i suoi fratelli, Edoardo e Clarissa, e i miei nipoti, crescevano; mia madre aveva acquisito nuovamente una serenità, il lavoro man mano migliorava.

A parte questi problemi con mia figlia sembrava che si stesse stabilendo un equilibrio.

Ancora una volta, però, il grafico della nostra vita ebbe un picco in salita e uno in discesa.


La storia con l'acquedotto, il Consorzio e Caltaqua, è purtroppo qualcosa che ha avuto strascichi a lung, tanto che ancora oggi ci sono cose in mano a degli avvocati.

Per capire cosa accadde nel 2018 bisogna ricordare che in un primo momento il contratto dell'acquedotto era stato intestato al Consorzio, solo in seguito sarebbe passato a noi, in base a un accordo verbale fatto col presidente.

Da parte nostra c'era il compito, ancora come Divina Acquedotti, di fornire la distribuzione, con bollette ogni tre mesi, e curare la gestione della rete idrica. L'acqua era chiaramente da pagare a Caltaqua, ma tutto era stato deciso con reciproca intesa, avevamo avuto le autorizzazioni necessarie, compresa la loro.

Un accordo che durò in armonia almeno fino a quando si scoprì l'esistenza di un finanziamento pubblico regionale, destinato al gestore unico per la costruzione della rete idrica a Manfria.

Se l'avessero saputo prima, probabilmente non avremmo avuto il lavoro.

Caltaqua intanto fatturava al Consorzio, ma le bollette non le dovevano certo pagare i consorziati che già pagavano noi, doveva essere la Divina acquedotti a occuparsene. Il problema sopravvenne quando il commercialista ci avvisò di come le ricevute, che ci venivano date per i pagamenti, non fossero valide.

A quel punto mio padre chiese fatture regolari o l'intestazione che ancora non avevamo, altrimenti non avremmo più pagato. Ma ormai erano già intessute altre trame alle nostre spalle, come il diniego alla White List, che poteva essere stato influenzato da qualcuno. Addirittura a un certo punto Caltaqua impedì a mio padre di entrare nel loro edificio. Eravamo diventati i nemici.

E ancora lo siamo.

Dal 2018 c'è una causa aperta, il debito chiaramente è aumentato, eppure noi avevamo tutti i diritti. Anche se sembrava non valessero più.

L'ATO è Autorità d'Ambito Territoriale Ottimale, con lo scopo di garantire un approvvigionamento d'acqua ottimale, tutelando il consumatore e nel rispetto dell'ambiente. Affida, organizza e controlla la gestione del servizio idrico integrato.

Ebbene, al contrario dell'ARERA, l'Autorità di Regolazione per Energia Reti e Ambiente, non ci volle riconoscere, mentre noi, essendo gestori, avremmo dovuto essere tutelati.

Ci fu un ulteriore problema.

Un giorno, mentre ero tranquilla al mare con i miei bambini, mio padre mi telefonò dicendomi di correre da lui, a casa del presidente del Consorzio.

La nostra società risultava inattiva.

Mi mostrarono la visura camerale, sembrava avessimo voluto sospendere l'attività aziendale per non pagare le tasse. Dalla mia reazione, per fortuna, tutti capirono che non ne sapevo nulla.

Il giorno dopo corsi dal commercialista per chiedere spiegazioni, quando entrai in quell'ufficio ero davvero fuori di me. Non c'era, ma conoscevo tutti quelli che lavoravano per lui e con i quali avevo sempre avuto un rapporto di fiducia. Iniziai a domandare cosa fosse successo, pretendendo che mi facessero subito la visura camerale, giacché avevo capito che quella che mi era stata data non era quella reale.

Subito cercarono di sminuire, parlandomi anche con una certa arroganza.

Ero esasperata.

I toni di voce si alzarono e alla fine scoppiai a piangere.

Non era da me mostrare quel mio lato davanti ad altri, ma ero stanca, arrabbiata, mi sentivo tradita da tutti.

Visto le mie insistenze, e soprattutto visto il mio sfogo, chiamarono il loro capo e lo sentii al telefono prendermi in giro per il mio pianto. A quel punto ritornò l'orgoglio e urlai che li avrei denunciati tutti e allora sarebbero stati loro a piangere.

Sapevo che, ancora una volta, la mia giovane età gli faceva credere di essere in diritto di prevaricarmi. Tanto io ero piccola, tanto io ero debole. Che potevo fare?

Ma io non sono mai stata una che si arrende.

Andai da mia madre con le lacrime agli occhi, lei tra l'altro conosceva il commercialista fin da quanto erano bambini, visto che anche lui era di Riesi.

Mi disse di non piangere, che non ne valeva la pena, ma la situazione era grave. Arrivò mio padre e, appena gli raccontai tutto, provò la mia stessa rabbia, ma mi raccomandò di non prendermela, non dovevo ammalarmi per quello. Entrambi mi confortarono e insieme decidemmo che tutto sarebbe andato in mano ai nostri avvocati.

A testa Alta – Desirè Vasta

## CAPITOLO 21

Dopo l'episodio di quel mattino, mio padre chiamò il commercialista e gli disse che sarebbe andato a prendere tutte le carte. Lo accompagnai, cercando di controllare quella rabbia che non voleva lasciarmi.
Per un po' rimasi solo ad ascoltarlo.

Ricordavo come da bambina amassi sedermi sulle sue ginocchia, in attesa che mi raccontasse una storia, che fosse una favola o quello che era successo nella sua giornata fuori casa. Ricordavo la dolcezza della sua voce mentre si rivolgeva a me, quella stessa voce che diventava potente, quasi minacciosa, quando doveva intervenire sul lavoro o era arrabbiato per qualcosa. Mentre lui parlava io lo guardavo come si fa col proprio eroe, attenta, entusiasta.

Volevo essere come lui.

Un giorno, mentre eravamo tutti a tavola, mi alzai in piedi e annunciai che mi sarei sposata a diciotto anni e che avrei fatto il lavoro di mio padre, l'imprenditrice. Tutti sorrisero, ma forse c'era già in me un po' di quella determinazione che poi mi ha accompagnato.

Quella sensazione quasi di adorazione verso mio padre mi era rimasta dentro, anche quando ormai, su quelle ginocchia, non potevo più sedermi, ma ero al suo fianco a combattere ogni giorno per portare avanti l'azienda di famiglia. Quando avevamo iniziato a lavorare insieme lo ascoltavo ancora e con la stessa attenzione, mentre discuteva di affari, cercando di carpire ogni dettaglio per imparare al meglio le mie mansioni. Lo seguivo rapita, specie quando si appassionava e raccontava dei suoi progetti, di come avrebbe realizzato questo o quell'altro cantiere, intenta ad assorbire ogni cosa dicesse, come una spugna che deve espandersi.

Era anche una forma di rispetto, prima da bambina verso i grandi, dopo verso chi era esperto più di me.

Quella sera invece faticavo a restare in silenzio.

Il mio stomaco era un ammasso di nervi, prima di andare mi ero sentita determinata e sicura nel trovare delle risposte da quel confronto, ma ora avvertivo la sua tensione, guardavo in faccia quell'uomo che discuteva con lui e stentavo a trattenermi. Non vedevo più il professionista che aveva collaborato a lungo con noi, a cui avevamo dato fiducia, vedevo un nemico.

Un altro.

Un turbine di pensieri si affollavano nella mia testa, la rabbia per l'affronto subìto, per le parole che erano state pronunciate quel mattino, riaffiorò, insieme a ciò che mi aveva detto mia madre. Quando incrociai gli occhi di mio padre non seppi resistere.

Urlai contro quell'uomo che ciò che aveva fatto nei nostri confronti era una cosa grave, perché con la nostra ditta sfamavo i miei figli e i miei nipoti. Perché era la nostra azienda, la nostra creatura, nata dalle ceneri di quella prima azienda che mio padre aveva creato e che, proprio come una fenice, dalle ceneri continuava a risorgere.

Mi rispose che ero esagerata.

Era inutile, non c'era possibilità di un dialogo per me. Quando uscimmo da quella casa dissi a mio padre che non avrei mai voluto più saperne di quell'uomo, né dei suoi collaboratori.

Il presidente del Consorzio sembrava ancora avere disponibilità nei nostri confronti e così lo chiamai per dirgli che avevamo chiuso col commercialista.

Mi parlarono di un altro professionista di Catania cui avremmo potuto rivolgerci e ci fidammo del consiglio. Probabilmente era davvero valido, ma non avemmo l'occasione di collaborare con lui, perché qualcuno ci precedette.

Qualcuno che lo avvisò, naturalmente come pure malignità, che non avremmo mai pagato e che non conveniva lavorare per noi.

Fu in quel frangente che la mia corazza si inspessì ancora.

Ho imparato nel tempo a distinguere già nello sguardo di chi mi sta di fronte la sua risposta e se si tratta di un "no" sono io la prima a voltarmi e non guardare più indietro.

Ho imparato a essere lucida e concentrata sulle cose da fare, sugli obiettivi da raggiungere e su come realizzarli, dando sempre meno spazio a quell'emotività che allora mi fece piangere, urlare, disperarmi per la delusione di fronte a chi avevo creduto amico.

C'è chi direbbe che ho dovuto reclutare la mia parte maschile, io penso in realtà che questa forza sia proprio la forza di noi donne, pronte a batterci per la nostra famiglia, il futuro dei nostri figli e gli ideali in cui crediamo.

I nostri avvocati ci proposero di intraprendere una causa, io l'avrei fatto, ma mio padre preferì lasciar perdere.

È sempre stato un uomo di pace, ha sempre cercato di trovare un accordo invece che porsi in contrasto. Purtroppo, la vita a volte non lo consente. Ma in quel caso ciò che lo condusse maggiormente a quella decisione fu la stanchezza.

Era stanco di andare contro il vento, così come mio fratello.

Quando combatti a lungo, alla fine sei esausto e pur di tornare a vivere sereno arrivi quasi ad arrenderti.

La sua non era una resa, non su tutti i fronti almeno, ma non voleva nemmeno una nuova guerra.

Comprendevo i loro animi, quello sfiancamento che faceva desistere.

Io allora ero una giovane ragazza all'inizio del suo cammino imprenditoriale, con lo spirito di chi vuole combattere, ancora forte di fronte alla avversità. E ancora oggi, che di anni ne ho ventotto, mi sento come se potessi afferrare il mondo con le mani.

Nonostante le ingiustizie, nonostante tutto.

Dentro di me c'è una determinazione profonda che mi fa dire che tutto andrà bene, che i semi che sto seminando da tempo germoglieranno.

Per il mio futuro e per quello dei miei figli.

La figlia del presidente e il suo fidanzato, entrambi avvocati, vennero nel mio ufficio e con Nancy mostrammo tutti i documenti, i decreti ingiuntivi, tutti i debiti che la Divina Acquedotti doveva ancora pagare.

Il nostro intento era di estinguere ogni pendenza, avevamo iniziato con le piccole ditte e man mano volevamo saldare ogni fornitore.

Loro si misero a chiamare tutti per stabilire degli accordi di transizione. La mattinata sembrò procedere bene, a pranzo li portai fuori, parlammo del più e del meno, in normale armonia; mi sentivo tranquilla.

Avevo di nuovo fiducia che insieme avremmo trovato una soluzione.

Nel pomeriggio, mentre lei procedeva seduta alla mia scrivania, l'altro avvocato era in un'altra stanza con Fabio a discutere. A un certo punto mi chiamò e mi disse che la situazione non era affatto facile da risolvere, che la nostra ditta si trovava su una bomba a orologeria.

Nei tribunali aveva sentito nominare la mia famiglia e aveva compreso le problematiche che ormai si celavano dietro il cognome Vasta.

Come era umano che fosse, la prima sensazione fu di paura, di scoramento. Non c'eravamo che io e Nancy in ufficio, non c'era mio padre a sostenermi e quelle parole pesarono come un macigno.

Rimanemmo comunque d'accordo che avremmo portato avanti gli accordi e ci saremmo risentiti, ma dopo qualche giorno ricevetti una telefonata in cui uno degli avvocati mi accusava addirittura di appropriazione indebita.

Tutto risaliva sempre alla rottura con Caltaqua per il Consorzio, a un contratto che era stato arbitrariamente cambiato da pubblico a condominiale, pur non potendolo fare, cosa confermata dall'ARERA.

In quel modo avrebbero potuto staccare l'acqua quando volevano.

La telefonata mi causò una crisi di nervi e corsi da mio padre, che telefonò subito agli avvocati dicendo di non fare più delle comunicazioni del genere a me, dovevano farli a lui certi discorsi.

Non si fecero più sentire.

A testa Alta – Desirè Vasta

# CAPITOLO 22

L'attività riprese e la presenza di Nancy mi aiutava ad affrontare tutto col sorriso.

Mi ricordo che era marzo quando mio padre arrivò in ufficio per annunciarci un nuovo lavoro.

Un'azienda di Napoli chiedeva di collaborare con noi per un lavoro preso con Italgas. Sarebbe stata la mia prima esperienza con un ente pubblico e ne ero felice.

La cosa buffa è che, mentre spiegava, mio padre nominò la parola aerei e io immaginai proprio gli aerei che solcano i cieli, mentre in realtà si trattava delle tubature presenti nei muri che avremmo dovuto realizzare insieme alle tubature interrate, queste ultime le conoscevo bene.

Oltre a quello il nostro compito era organizzare i lavori settimanali. Mio padre ogni settimana si recava ad Agrigento in Italgas dove venivano stabilite le attività giornaliere.

In parallelo avevamo anche un altro cantiere e questo ci permetteva di essere finalmente sereni.

Come Divina Service avevamo fatto richiesta all'ATO di riconoscersi come gestori, l'ARERA confermava fosse un atto dovuto. Quel giorno inviai pure la richiesta per la White List alla prefettura di Caltanissetta, e stessa cosa verso l'ANAC, l'Autorità nazionale anticorruzione. Un'autorità amministrativa indipendente i cui compiti sono di prevenzione della corruzione nella pubblica amministrazione italiana, attuazione della

trasparenza e vigilanza sui contratti pubblici.

A parte la White List, di cui già sapevo ci fossero tempi lunghissimi, tutto andò bene, anche l'ANAC ci diede esito positivo.

L'unico scoglio rimaneva l'ATO.

La loro risposta fu che riconoscevano un solo gestore. Mandammo una lettera tramite avvocati, senza mai ricevere risposta, così che ancora oggi io comunico con l'ARERA, ma dovrebbe esserci un ente che mi tuteli. Eppure, se si fa una ricerca dei gestori idrici presenti in Sicilia, si trova la nostra ditta.

L'imprenditoria ha mille sfaccettature e non ci si può focalizzare su un solo obiettivo, noi dovevamo ottenere più lavori possibili nel settore pubblico per riuscire a ingrandirci. Intanto stavamo andando così bene che nel giro di un mese riuscimmo anche a ristrutturare l'ufficio, con mia grande gioia.

In origine i colori delle pareti erano state scelte da mio padre, nei toni dell'azzurro, mentre i mobili, marroni, appartenevano ancora al vecchio ufficio. Non era il massimo né come arredamento né come bellezza cromatica, ma con i tanti problemi che avevamo avuto era stata di certo l'ultima cosa a cui avevo pensato. Ora potevo prendermi anche quella piccola soddisfazione, pure Nancy mi disse che forse era proprio arrivato il momento di dare un tocco di nuovo e moderno al nostro posto di lavoro. Scelsi per noi due scrivanie uguali color panna e un armadio dello stesso colore, ma con al centro un tono di fucsia lucido.

Un tocco di freschezza e, perché no, di femminilità. Le pareti furono ridipinte di un tortora chiaro, delicato e accogliente.

Ero felice.

Capita anche a casa, specie a noi donne, di voler cambiare un mobile o il colore delle tende o solo la disposizione di quello che si ha, magari aggiungendo quel soprammobile particolare o quel mazzo di fiori, insomma quel qualcosa che fa sembrare ci sia un nuovo inizio, una nuova energia.

Per me e Nancy l'ufficio nuovo contribuì a rinnovare ancor più l'entusiasmo e ad affrontare il lavoro che, per fortuna, in quel periodo era davvero tanto.

Oltre alle incombenze di ufficio e alle letture dei contatori, io e lei andavamo a prendere il gasolio a Enna e ci caricavamo una vasca di cinquecento litri. I fornitori ci guardavano stupiti, come fossimo provenienti da un altro pianeta, perché quello era un compito affidato agli uomini. Ma a noi non importava, eravamo soddisfatte e agli sguardi curiosi, o forse a volte scettici, rispondevamo col sorriso.

L'unico problema era che l'azienda di Napoli iniziò a non pagare.

Non ci importava, non come sarebbe successo in altre occasioni, un po' perché ora potevamo respirare con le altre attività ed eravamo comunque sicuri che prima o poi i soldi sarebbero arrivati e un po' perché per noi quel lavoro serviva come formazione.

In ogni caso dopo due mesi l'azienda di Napoli venne cacciata da Italgas e subentrò una ditta di Catania.

Con loro fu un tira e molla. La persona era seria, ma i pagamenti come sempre erano lenti ad arrivare e loro pretendevano di mantenere la contabilità.

Ormai diffidavo di chiunque.

Alla fine, però, nacque una buona collaborazione.

D'altra parte, come mio padre mi aveva insegnato, si è tutti colleghi ma anche tutti rivali.

L'intensità del lavoro mi portava a fare orari impossibili, a volte arrivavo a casa a sera inoltrata e spesso quando ormai mio marito e i miei figli avevano cenato. L'entusiasmo che mi guidava durante tutte le ore in ufficio si scontrava con la difficoltà di mantenere un giusto equilibrio nel mio ruolo di moglie e di madre.

Ancora una volta.

Rosario, che sempre mi sosteneva e si dichiarava orgoglioso di me e della mia tenacia, arrivò a dirmi che non sopportava più quella situazione.

Accadde una sera, dopo alcune settimane di palpabile ma muta tensione.

Ricordo ancora la scena in ogni dettaglio.

Io indossavo un trench beige chiaro e avevo come sempre la mia bellissima valigetta verde Tiffany. Se il look avesse potuto dare un'idea di leggerezza e glamour, il sorriso e il fisico sarebbero stati quelli di una lunga giornata di lavoro.

Ero stanca e non vedevo l'ora di tornare, ma nello stesso tempo era inquieta. Sentivo dentro di me che prima o poi sarebbe

accaduto qualcosa, che quella tensione che avevo avvertito

sarebbe esplosa. Rosario è il tipo che si sfoga poco, piuttosto accumula dentro di sé, fino a quando la rabbia trabocca.

Avevo ancora il piede sulla soglia, quando incontrai il suo sguardo, era ancora seduto a tavola.

Naturalmente loro avevano già cenato.

Lui non è mai stato il tipo da urlare, ma leggevo chiaramente il livore nei suoi occhi. Con fare calmo mi disse che era al limite, *la storia così non andava più bene*. Non voleva che io facessi quegli orari e tornassi alla sera tardi, non solo per se stesso, soprattutto per i nostri figli. Vedevo i bambini davvero poco, a volte non li vedevo tutto il giorno o addirittura per giorni, se loro già dormivano al mio rientro.

Era una cosa che mi faceva male, ma a volte non era facile o nemmeno possibile staccare prima dal lavoro.

A lui non importava, come avrebbe potuto essere per certi mariti contro la suocera, che rimanessero da mia madre, ma soltanto che io fossi poco presente.

Lo comprendevo, aveva ragione.

E se era arrivato a dirmelo è perché la cosa doveva averlo davvero ferito o preoccupato. Al di là di quell'episodio, forse l'unico vero litigio tra noi, mi aveva sempre sostenuto in tutto e per tutto. E ancora è così.

Rosario mi aiuta in casa, quando mi vede stanca o sa che devo studiare per l'università, è lui che si preoccupa di preparare la cena o stare con i bambini o qualsiasi cosa di cui io abbia bisogno. Mi dice sempre di non preoccuparmi, di fare quello che devo. Il suo supporto pratico e morale, il suo conforto, mi aiutano a essere la Dea Kalì con tante braccia e portare avanti ogni cosa, senza far pendere la bilancia così tanto da una parte da rischiare di far crollare tutto.

Anche lui è diventato un pilastro della mia vita, l'amore che sa accogliere, sostenere, dare. Geloso, come ogni buon siciliano, tenero con i bambini e con me.

La sua adolescenza vissuta solo con la madre, nell'ombra di lontane situazioni conflittuali di un padre ormai assente, lo hanno reso quell'uomo premuroso, rispettoso e forte che è oggi.

Insieme ai miei genitori è lui che ringrazio in questo libro, per essermi accanto sempre e comunque. Perché l'amore è fatto anche e soprattutto di questo.

Non possiamo fare molte fughe romantiche e forse non ne abbiamo mai fatte, se usciamo i bambini sono con noi, per recuperare ogni attimo perso. Ci bastano quei momenti da soli, dopo aver messo i figli a letto, quando ce ne stiamo accoccolati sul divano a raccontarci le nostre rispettive giornate, a confidarci i nostri pensieri.

Amo di lui anche il suo amore per la mia famiglia.

Si è legato a mio padre così come si è legato a mia madre, tanto che è lui a prendere le sue difese quando capita che io e lei bisticciamo per i bambini. Cosa che accade solo quando il cuore di nonna difende a spada tratta i nipoti, spesso pure nei casi in cui è giusto che io li riprenda.

Ricordo una volta che ero tornata a casa arrabbiata proprio per quel motivo e lui serafico mi ha consolato ricordandomi che la nonna è la nonna, è il suo compito prendere le difese dei nipotini. La figura della suocera o del suocero come nelle barzellette, per noi non c'è mai stata.

A parte queste cose in fondo scherzose, lui sa placare i miei momenti di nervosismo, sa avvicinarsi a me per ammorbidirmi se c'è uno screzio tra noi, sa tirarmi su di morale quando sono triste per qualcosa, sa trovare la parola giusta per farmi affrontare la giornata.

Si può dire che siamo amici, oltre che marito e moglie, sicuramente siamo complici e mi ritengo fortunata per questo rapporto.

Ecco, ancora una volta le mie basi, le radici che mi sostengono e non mi fanno oscillare, sono gli affetti più cari.

Tanto il destino mi ha gettato addosso nei soprusi e nelle ingiustizie nel lavoro, nei momenti di crisi e di perdita, tanto mi ha dato come valori familiari e come amore.

Per questo resisto, per questo andrò sempre avanti.

Per tutti loro e per la verità.

# CAPITOLO 23

Un anno era passato, tutto andava bene, ma serpeggiava tra noi sempre quella sottile sensazione di non essere considerati alla pari di altri.

Un giorno il tizio della ditta catanese venne in ufficio e cominciò a inveire contro mio padre, accusandolo di non sapere lavorare bene. Non era tanto il modo, quanto il fatto che si sentisse in diritto di rivolgersi a lui così, arrogandosi di fatto una superiorità che non aveva. Non sulla carta, non sulla capacità. L'aveva in modo diverso. Noi eravamo quelli con un passato pesante e alle spalle, e per alcuni ancora con delle ombre, con la prefettura che non rispondeva alla richiesta di White List, con la necessità di lavorare e la conseguente impossibilità a rinunciare ai lavori che ci venivano proposti, anche se non ne eravamo del tutto convinti.

Guardai mio padre e lessi nei suoi occhi ciò che non poteva esprimere. Da un lato la mortificazione di essere ripreso davanti a me, dall'altro la dignità nel restare fermo e civile, per non rischiare non tanto di perdere l'incarico lui, quanto di farlo perdere ai suoi figli.

L'uomo di un tempo avrebbe alzato a sua volta la voce, ancora più forte, avrebbe mandato via a calci nel sedere quell'uomo.

Ma non l'uomo che adesso portava sulla schiena uno zaino colmo di ingiustizie e che desiderava solo la serenità per la propria famiglia.

La sua età e l'esperienza subita gli dava un senso di pacatezza, nonostante tutto, o forse solo sopportazione, io invece provavo ancora tanta rabbia.

Finito l'appalto, subentrò una nuova ditta, ma nel frattempo la ditta di Catania non voleva pagarci e ciò nonostante avesse fatturato cifre altissime durante l'anno di collaborazione con noi.

Alla riunione ad Agrigento mio padre fece valere le sue ragioni e denunciò quel comportamento. Noi lavoravamo e pagavamo le tasse come gli altri e come tutti dovevamo essere rispettati. Per il lavoro lui e mio fratello si erano spaccati la schiena, così come faceva mio marito, gli operai, ma sembrava che non fosse mai abbastanza, come se dovessimo dimostrare di più.

Carmelo arrivò a chiedere a mio padre di lasciar perdere quella commissione, ma il discorso era sempre lo stesso: non perdere nessun lavoro. Gli anni vuoti avevano segnato un marchio sull'anima che faticava ad andare via, la paura era sempre quella di ritrovarsi senza nulla.

Per riuscire a veder saldati i nostri crediti ci rivolgemmo all'avvocato Marco Ministeri, che magnificamente riuscì a farci avere i nostri soldi da tutti i nostri debitori. Lui è di Riesi, coetaneo di mio fratello. In quell'occasione mi resi conto sempre più di come la figura di un legale in una ditta non è solo necessaria ma indispensabile.

Da quel momento gli proposi di intraprendere una collaborazione continuativa, conscia che, se ciò fosse successo prima, probabilmente non avremmo commesso diversi errori.

Ora sono tre anni che lavoriamo insieme, il rapporto di fiducia professionale è cresciuto in parallelo a un rapporto di amicizia. A volte lo chiamo scherzosamente il nostro psicologo, perché sa farci ragionare nei momenti di tensione, sa tirarci su il morale nei momenti bui.

Avere qualcuno accanto cui puoi dare la tua fiducia è qualcosa che ti fa lavorare con maggiore serenità, oltre che arricchirti dal punto di vista umano per i legami che, quando c'è stima, inevitabilmente si creano.

Per questo desidero ringraziarlo anche in questo libro.

Mio padre, in tutti questi anni, non ha mai esternato davvero cosa pensa del mio lavoro, dell'impegno che ho messo in tutto ciò che faccio, non come mia madre esprime il suo orgoglio verso me e mio fratello. Mi ha sempre dato fiducia, quello sì, mi ha voluta al suo fianco, ma non l'ho ancora sentito pronunciare parole come *sono orgoglioso di te*.

Però a volte, quando mi volto verso di lui, mi accorgo che sta sorridendo, magari non sulle labbra, ma negli occhi. In quegli occhi che mi osservano mentre eseguo le incombenze in ufficio o parlo ai clienti o agli avvocati. E allora lo sento, lo so, che in quello sguardo c'è l'orgoglio di un padre e mi basta.

A testa Alta – Desirè Vasta

# CAPITOLO 24

Nonostante i problemi con la ditta di Catania, alla fine avevamo acquistato una certa considerazione, soprattutto da parte dei tecnici del Polo che vedevano come lavoravamo, con impegno e risultati.

La ditta che subentrò era di Borgetto, non si fecero nemmeno sentire e fu mio padre a contattarli. Il titolare gli rispose di andare da lui la domenica mattina e io decisi di accompagnarlo.

Ricordo un uomo alto, dai baffi scuri. A pelle non ebbi una bella impressione, sentivo una certa arroganza, avvertivo quasi ostilità, ma cercai comunque di mostrarmi cordiale e durante la conversazione mi scappò un sorriso, forse dettato più dall'imbarazzo che altro. Fatto sta che mi chiese che cosa avessi da ridere, così, con tono per nulla simpatico o gentile. Rimasi mortificata. Ero pur sempre una giovane ragazza di fronte a un uomo maturo, al tempo avevo ventisei anni.

Quando uscimmo mio padre mi domandò un parere su quanto era stato detto, una mia idea su quell'uomo con cui avremmo iniziato presto a collaborare. La sua frase era sempre "*De, cosa ne pensi?*"

Ha sempre cercato di coinvolgere sia me sia mio fratello, chiedendoci la nostra opinione e facendoci capire che contava davvero per lui. Una cosa che mi faceva sentire ancora più parte del progetto lavorativo e che non era affatto scontata, visto che lui, con la sua esperienza ed età, avrebbe potuto imporsi nelle decisioni.

Sospirai, non potevo che essere sincera. Confessai che la prima impressione non era stata la migliore, ma che non aveva nessuna importanza. Come sempre avremmo fatto del nostro meglio, se bisognava sacrificarsi per portare avanti il lavoro, lo avrei fatto.

Eravamo tutti abituati a stringere i denti.

Ancora una volta l'approccio fu di superiorità, loro erano la ditta madre e noi la dittarella a cui affidavano dei lavori, quella senza un capannone di lusso, senza macchinari nuovi, quella a cui avevano tolto l'iscrizione alla White List.

Penso che certe situazioni si siano create non solo per quei motivi, ma anche per un giudizio superficiale basato sull'aspetto di mio padre. Lui non è mai stato un tipo formale, tantomeno nei vestiti. Si alza al mattino e si veste da cantiere e con gli abiti sporchi di lavoro va alle riunioni e tratta con tutti, senza curarsi di queste cose, né riguardo a sé né riguardo agli altri. Perché quello che conta è la sostanza, non la forma, ed è una qualcosa che mi racconta apparteneva ai *vecchi* imprenditori, mentre oggi c'è chi si presenta in giacca e cravatta e non sa trattare con gli operai. Provai a dirglielo, a spiegargli che forse gli altri badavano anche a queste cose, ma dentro di me sapevo che non sarebbe cambiato e in fondo nemmeno lo volevo, perché conta più l'onestà e l'impegno nel lavoro che tutto il resto.

In ogni caso quella situazione per noi era un investimento.

Mio fratello, che come me vedeva quel modo di fare che non ci rendeva giustizia, me lo disse un giorno: *Desirè, pensa come se stessimo investendo, anche se sembra tutto in perdita, perché vedremo il guadagno più avanti.*

Aveva ragione, non era solo concludere quel lavoro, ma attraverso quello riprendere un nome nel settore e ottenere nuove attività.

Io e lui lo capivamo bene e per quello resistevamo e ci impegnavamo, anche se non ne avremmo avuto più bisogno dal lato economico.

Gli impegni presi con mio padre venivano sempre disdetti, i lavori mal distribuiti. All'inizio noi seguivamo ancora degli impegni con la ditta di Catania e una nostra squadra di operai lavorava con loro; chiedemmo quindi di non darci troppi comuni, li avremmo presi in seguito. Promisero di sì, ma la cosa non fu mantenuta.

Come nei mesi precedenti continuavo ad accompagnare mio padre alle riunioni del giovedì ad Agrigento. I tecnici mostravano ormai la loro stima nei nostri confronti, così come il direttore del Polo, ma questo sembrò infastidire la nuova ditta. Un giorno il direttore ci chiamò. Era successo un problema in una strada dove era stata fatta una rete interrata di metano.

E la colpa, a parer suo, era solo nostra.

Quello era un tratto di strada vecchia, con la pavimentazione a basole, come spesso si vede nei centri storici. Pietre dure, che portano costi maggiori rispetto al comune asfalto come materiale e mano d'opera. Una pavimentazione bella esteticamente e in teoria robusta, ma quella strada in particolare cedeva ed era già sprofondata nel passato, era insomma un problema conosciuto.

Per quel lavoro era stato mandato mio marito con un nostro dipendente, una chiamata di pronto intervento ancora legata al contratto con la ditta di Catania. Poco dopo la strada era nuovamente sprofondata, danneggiando un camion.

Il direttore ci chiamò con voce alterata, dissi a mio padre che sarei andata io a parlargli, nella speranza che una presenza femminile potesse mitigare la tensione e soprattutto perché non infierisse contro di lui. Non servì, dopo avermi spiegato ciò che era successo, senza quasi darmi diritto di replica, sentenziò che non voleva più vedermi nel suo ufficio. Sostenuta dall'orgoglio mi alzai e risposi che io per prima non gli avrei mai più fatto rivedere la mia faccia.

Avevo capito cos'era successo, chi lo aveva istigato contro di noi.

Come fui fuori la tensione si fece sentire, tanto che appena in auto scoppiai a piangere, colpa del nervosismo e della stanchezza accumulati dopo giorni e notti impegnati su quel lavoro. Ma non avrei mollato.

I rapporti scemarono anche con i tecnici, eppure ci fu una piccola apparente vittoria.

Se con i catanesi avevamo accettato che tenessero loro la contabilità, per poi avere guai alla fine con i pagamenti, questa volta ottenni di essere io a gestirla. Non volevo che si ripetesse la stessa cosa, gli altri che si intascavano cifre altisonanti e noi

che ci vedevamo contestati ciò che ci spettava.

Ero io a tenere i conti e mandarli a quelli di Borgetto che poi ottenevano i pagamenti e provvedevano a pagarci. Peccato che si ripeté un copione già conosciuto: secondo loro le nostre spese superavano i guadagni e rispetto al loro lauto incasso ottenevamo solo un misero fatturato.

Questa volta però c'erano le carte a testimoniare, gli operai stessi di quella ditta confermavano ciò che noi sostenevamo, senza però avere il coraggio di parlare.

Fu un'altra cosa che scoprii durante il mio percorso lavorativo e che mi lasciò basita: come venivano trattati i dipendenti da certe aziende.

Ero abituata a vedere mio padre trattare tutti gli operai con gentilezza; sì, a volte urlava, ma solo perché era il suo modo di parlare, per il resto li considerava alla sua pari, a pranzo mangiava un panino insieme a loro, chiacchierava, scherzava, cercava di creare un clima di collaborazione e armonia, che consentiva anche di lavorare meglio. A vederlo nel cantiere non si potrebbe distinguere da un operaio, perché lui è il primo a sporcarsi le mani. Il lavoro è la sua passione e questo non cambierà mai.

Ricordo che un giorno andò a San Cataldo, dove c'era la squadra della ditta di Borgetto, e salutò dei ragazzi che stavano lavorando al cantiere, proponendo di andargli a prendere un caffè e questi lo guardarono stupiti. Eppure, era così che faceva, era l'usanza per noi: qualcosa di fresco d'estate e qualcosa di caldo nel periodo freddo. Gesti semplici, niente di più.

Forse è stata proprio la bontà di mio padre a trascinarlo in certe situazioni, ma non dev'essere mai una colpa avere fiducia, manifestare gentilezza, e sono questi i valori che insegno ai miei figli.
I valori della mia famiglia.

Io e Nancy ci accorgemmo di come la realtà dei pagamenti non corrispondesse alla contabilità, ormai era chiaro che loro intascavano e non ci pagavano o non pagavano il giusto, mentre noi anticipavamo soldi per la manutenzione dei nostri macchinari. Andammo da mio padre e prendemmo appuntamento con l'imprenditore di Borgetto per parlargli della questione. Ormai io ero insofferente verso quell'attività con loro e il mio lavoro in contabilità che li riguardava, tanto che stavo già occupandomi di altro, ma in ogni caso avrei sempre agito dopo aver sentito mio padre. Lui è stato ed è la mia guida, sua è l'esperienza e risale a quella di suo padre e dello zio, qualcosa che ha nel sangue e che lo porta a sessant'anni a salire ancora sull'escavatore e impegnarsi come il primo giorno.

Andammo tutti all'appuntamento, era il tre marzo.

Ci confrontammo con i loro ragionieri, geometri, tecnici e non poterono che darci ragione. Tutto era in regola, tranne i loro pagamenti. Ci lasciammo con l'accordo che ci sarebbe stato versato un primo acconto.

Sapevamo lavorare bene e sapevano anche valutare bene, per quanto si potesse far finta che non fosse così, alla fine le carte non mentivano.

Il cinque marzo Nancy era in ufficio e si accorse che, nonostante l'ora tarda, non era ancora arrivato il programma dei lavori come ogni settimana. Preoccupata andò da mio padre al capannone e lui, dopo aver ascoltato le sue parole, semplicemente la guardò e le rispose che quel programma non sarebbe più arrivato.

Aveva già capito.

Il cinque marzo arrivò una PEC nella quale chiedevano il recesso dal contratto. Quando lo seppi provai soltanto un istintivo sollievo. In fondo non avevamo bisogno di loro, sarebbe stato meglio così, ma dovevamo ottenere ciò che ci spettava.

Ancora una volta, il nostro fidato avvocato si mise in azione, una causa che ancora oggi prosegue.

L'unica cosa che mi dispiacque davvero fu cosa avrebbe comportato per i ragazzi che lavoravano per noi. Fino a quando non avremmo ottenuto nuovi incarichi saremmo andati avanti solo con l'acquedotto e per quello non occorreva che un lavoro di ufficio, mio padre gli promise che sarebbero stati richiamati appena ne avremmo avuto necessità. Per noi non erano mai stati solo dei numeri senza volto.

# CAPITOLO 25

Eravamo insieme in ufficio, quando arrivò una telefonata per Nancy. La guardai distrattamente e mi accorsi che il suo sguardo si era come illuminato.

Aveva ricevuto una convocazione da Torino come collaboratrice scolastica. Era combattuta, ma allo stesso tempo soddisfatta di quella proposta.

Non mi ci volle molto a capire cosa avrebbe scelto, ancora prima che lo dicesse. Ormai avevamo chiuso con l'impegno del metano, per i lavori legati all'acquedotto avrei potuto cavarmela anche senza di lei, ma non era quello che contava per me.

Non volevo perderla. Avrebbe significato
ritornare a essere sola ogni ora di ogni giorno in
quell'ufficio. Mio marito, mio fratello e mio
padre erano impegnati nei cantieri, c'erano
collaboratori che andavano e venivano, ma di
certo non avrei potuto chiacchierare, scherzare,
e confidarmi, come facevo con Nancy. E
nemmeno avere la stessa sintonia sul lavoro.

Non provai a fermarla, non era giusto, però
speravo che tornasse. Quel lavoro le era entrato
nel sangue, provava la mia stessa passione ed era
davvero brava.

Ma in ogni caso ora sarebbe partita.

Era il venerdì prima di Pasqua, passai quel fine
settimana di festa piangendo. Provavo di nuovo
quel vuoto di tanto tempo prima.

Sapevo di avere tutto il sostegno possibile a casa,
dalla mia famiglia, da mio marito, ma la maggior
parte del mio tempo la trascorrevo in ufficio e
avere una presenza amica, qualcuno con cui
potevo essere me stessa ma sulla quale potevo

contare anche come collaboratrice capace, era qualcosa di importante.

Nello stesso tempo ero sinceramente contenta per lei, se era quello che voleva, e le raccomandai di non preoccuparsi per me.

Quando tornai al lavoro, il martedì, mi accolse un ufficio vuoto. Sembrava più freddo. Passai la giornata a spostarmi tra la mia e la sua scrivania, perché certe cose c'erano solo sul suo computer.

La sua assenza si sentiva davvero tanto.


I giorni passarono e con me si alternavano, chi al mattino e chi al pomeriggio, due collaboratori: un architetto che aveva anche la mansione di ingegnere e un ragazzo che sostituiva Nancy.

Per quanto mi riguardava avevo intrapreso un nuovo percorso.

In quegli anni avevo acquisito una mia consapevolezza ed esperienza, ero preparata, sapevo muovermi in quel mondo, gestire i contratti, erano tutte cose di cui dovevo prendere atto. Ero più sicura di me di quanto non lo fossi stata un tempo, determinata a proseguire quell'impegno con sempre maggiore competenza, ma mancava ancora una cosa.

Ero diventata madre molto giovane ed ero stata subito assorbita dall'attività della nostra azienda e da tutti i problemi legati a quell'attività, volta ad aiutare la mia famiglia e a costruire un futuro per i miei figli.

Non avevo potuto proseguire gli studi, ma in realtà avevo sempre studiato, per cercare di essere all'altezza di quel compito. Desideravo apprendere ogni sfaccettatura del mio lavoro, troppe volte avevo interagito in quel settore con altri ragazzi che si dimostravano preparati più di quanto io mi sentissi. Volevo e dovevo essere al loro livello, essere un'imprenditrice preparata.

Tutto ciò mi portò a decidere di iscrivermi all'università.

Mentre Nancy andava verso la fine del suo percorso io iniziavo, un percorso che ancora continua.

Nancy è stata una delle prime a spingermi a concretizzare questa idea e a congratularsi per la mia scelta.

La facoltà che ho intrapreso è Economia Aziendale e ho un progetto ben definito, dopo la triennale infatti passerò a legge.

Ho scelto un'università telematica, quella che io chiamo la seconda possibilità per chi come me è stato preso dal vortice degli avvenimenti o chi non ha avuto ai tempi giusti la maturità o la voglia di impegnarsi. E poi è un metodo che posso gestire da sola.

Studiare mi piace, mi rilassa, quando finisco una giornata di lavoro, dopo aver preparato la cena e messo a letto i bambini, vado alla mia scrivania e mi dedico alle lezioni, staccando la mente da ogni altro pensiero.

Non è stata una decisione presa alla leggera, anzi.

I miei si sono stupiti quando ho comunicato questa decisione, forse temevano non potessi farcela, considerato tutti gli impegni che avevo, le ore che passavo in ufficio, le mie responsabilità come madre.

In realtà si è rivelato un aiuto per affrontare tutto il resto. Quando studio stacco la spina da ogni preoccupazione, mi isolo, sto bene.

Non vedo l'ora di finire e festeggiare la mia laurea, so di avere la giusta volontà per riuscirci. E ho già una piccola soddisfazione: Gloria, che a scuola non è mai andata troppo volentieri, vedendomi studiare con così tanta passione, ha iniziato a prendermi da esempio.

Forse sono stati proprio gli avvenimenti negativi che hanno formato il mio carattere, se avevo in me una certa determinazione ora sono una donna che porta avanti le proprie idee con tutta la risolutezza di cui è capace e che ha chiaro gli obiettivi da raggiungere. L'importante è non fermarsi, andare sempre avanti.

Questo è il mantra che non abbandonerò mai e che tutti possono fare proprio. C'è sempre il tempo per il riscatto, se lo si vuole.

A testa Alta – Desirè Vasta

# CAPITOLO 26

Ero tranquilla in ufficio e stavo rileggendo l'atto costitutivo dell'azienda.

Rileggere la storia della propria ditta, così come rivedere il proprio curriculum, è sempre stato qualcosa di confortante, specie quando mi sentivo scoraggiata, e ancora lo è. È come un riappropriarsi delle proprie origini e non dimenticare le potenzialità della propria azienda, almeno per chi come noi ha una attività familiare, mentre personalmente è come trovare conferma, nero su bianco, delle proprie esperienze e capacità. In fondo delle potenzialità personali.

Quel giorno la lettura si rivelò illuminante.

Mi accorsi che c'era qualcosa che era stata accantonata da tempo, ma che avremmo potuto riprendere tra i servizi offerti.

Mio padre, ormai molti anni prima, aveva costruito delle piscine sia per uso privato che per uso pubblico, tra cui una piscina olimpionica anche di una certa importanza.

Quando lo lessi fu come l'accendersi della lampadina nei fumetti.

Vidi in modo chiaro come potevo unire qualcosa di dilettevole e di utile nello stesso tempo, in previsione di una nuova attività.

Andai da mio padre e gli esposi la mia idea.

A casa avevamo una piscina, ma non quella interrata. La mia proposta era di costruirne una per noi, con l'intenzione di finalizzarla poi a un fine espositivo e quindi pubblicitario.

Perché noi avremmo ripreso a costruire piscine.

Mi guardò prima perplesso, il costo era considerevole, ma gli dissi di non preoccuparsi. Poteva essere un investimento.

Alla fine sia lui sia mio fratello furono d'accordo con la mia proposta. Così mentre loro, insieme a mio marito, iniziarono a occuparsi di quel progetto, io ripresi l'attività in ufficio e la gestione dell'acquedotto. Mi sentivo soddisfatta, avere una prospettiva futura è sempre qualcosa di galvanizzante, oltreché necessario per lo sviluppo di un'azienda.

Tutto procedeva bene, fino a quel mattino.

Come sempre controllavo la posta ordinaria e la PEC. Notai una mail inviata dalla prefettura di Caltanissetta. L'oggetto non era per nulla rassicurante: "Diniego White List."

Provai a mantenere un certo ottimismo e aprii la mail e l'allegato, man mano che leggevo mi sentivo sempre più sprofondare nelle sabbie mobili. Tra le motivazioni al diniego si adduceva quanto io fossi giovane per svolgere un'attività da imprenditrice:

*"Non si comprendono quali fossero le fonti economiche"* da cui Desire' Vasta *"di giovane età, priva di redditi propri, abbia potuto attingere per la costituzione di detta società".*

E come, soprattutto, fossi figlia di Filippo Vasta contro cui sussistono *"significativi elementi controindicati ai fini delle verifiche antimafia, quali il versamento di tangenti in favore della consorteria mafiosa di Riesi, la ricerca di protezione e di agevolazioni al procacciamento di lavori per la propria ditta, i rapporti e le relazioni intrattenuti con pregiudicati, la rete di parentele con esponenti del panorama criminale".*

Erano riportate le accuse, le intercettazioni, ma non le sentenze definitive, non quella assolutiva dove era dichiarato innocente da ogni accusa passata, non quella dove mio padre era dichiaro vittima di estorsioni mafiose.

Ancora una volta era come se il tempo si fosse riavvolto e fosse tornato indietro, riportandomi là dove tutto era iniziato e dove non vedevo che il buio intorno.

Si diceva inoltre come mio padre fosse stato il direttore tecnico

della Divina Acquedotti e di come il ricorso del diniego non fosse mai stato fatto da quella ditta.

Si lasciava però fuori Mondoacqua, che avrebbe potuto quindi lavorare.

Ero sconfortata, ma nello stesso tempo non sentivo in me alcuna resa, anzi.

No, questa volta non sarebbe andata come sempre.

Andai da mio padre, impegnato nei lavori per la piscina, e gli raccontai cos'era successo: la mail della prefettura, le pagine che parlavano delle sentenze passate, tutto quanto. Lui mi ascoltò con uno sguardo strano, quasi senza reazione.

Mi sarei aspettata uno scatto d'ira, uno sbotto, qualsiasi cosa, ma non quel gelo.

Era quello di un uomo che aveva già vissuto troppe delusioni. Eppure, in quel momento non mi soffermai, quasi non ci feci caso.

Ero animata da altri sentimenti, ero pronta ad andare avanti e il mio unico pensiero era come sbrogliare tutta quella situazione.

# CAPITOLO 27

Il nostro avvocato non poteva occuparsi del ricorso al diniego, occorreva tornare dall'avvocato penalista di Gela che aveva seguito le vicende processuali di mio padre fin dall'inizio e che conosceva ogni dettaglio della sua storia.

Prendemmo subito appuntamento e ci recammo insieme.

Ci propose di rendere tutto pubblico, in fondo ci trovavamo di fronte a un vero abuso. Chi era considerato vittima di mafia doveva essere protetto, in particolar modo i suoi figli, non certo ostacolati nel lavoro come succedeva a noi. Condividevo a pieno quell'idea, ma nello stesso tempo l'avvocato si tirò indietro. Il suo nome non sarebbe dovuto comparire sui giornali, se non alla fine della vicenda giudiziaria e solo nel caso avessimo vinto.

Era come una mancanza di fiducia in quell'esito e, in ogni caso, non era certo il modo migliore per farci sentire il suo appoggio.

Quando uscimmo da quell'ufficio mio padre era demoralizzato da quelle ultime parole, eppure ancora una volta non mi preoccupai più di tanto.

Ci ritrovammo tutti a casa per fare un resoconto del colloquio e poi ci lasciammo per un paio di ore fino alla cena.

Seppi solo dopo cosa aveva fatto mio padre in quel frangente di tempo.

La sera, come sempre nella bella stagione, mangiavamo fuori tutti insieme. Io e la mia famiglia, i miei genitori e mio fratello con la sua famiglia.

Era un momento di tranquillità e, anche quella sera, lo sembrò. Sì, parlammo di quanto era successo e di cosa avremmo dovuto fare, c'era preoccupazione, ma c'era anche la convinzione di portare avanti quella battaglia.

Forse ero io che non vedevo altro, presa dai miei pensieri, eppure mangiammo come sempre, uniti, senza rabbia ma riuscendo a sorridere tra noi.

Al termine ci dividemmo, ognuno andò nel suo appartamento, lasciai i bambini a mia madre come accadeva spesso, loro amavano dormire con la nonna. Mio padre andò a rilassarsi davanti la televisione.

Lo salutai con un sorriso che voleva essere di conforto e lui ricambiò. Il suo sguardo era triste.

Non avrei mai potuto immaginare cosa stesse pensando e il gesto che era intenzionato a compiere.

Quello lo scoprii il mattino dopo.

Erano le nove quando io e mio fratello entrammo nel capannone, come facevamo sempre, e poi la vedemmo: una corda, attaccata a un palo.

Un particolare stonato, estraneo a tutto, che penzolava nel vuoto, lanciando ovunque un drammatico messaggio. Qualcosa che non credevo avrei mai visto, qualcosa di inimmaginabile.

Non me n'ero accorta, nessuno di noi si era accorto di quanto lui stesse male.

Sentii un brivido partire dalla cima della nuca fino al fondo della schiena e guardai Carmelo.

Non c'erano dubbi, era chiaro cosa significasse quella corda.

Mio fratello la tirò giù, senza dire nulla, poi corremmo da nostro padre.

L'aveva sistemata prima della cena, deciso a compiere quel gesto estremo che per lui era un sacrificio d'amore verso i suoi figli, verso di noi.

Non so immaginare quei momenti, forse i suoi erano stati gesti meccanici, spinto ormai da una mente annebbiata dalla disperazione. Eppure, c'era stata una lucidità in quella decisione.

Nel buio di quei momenti aveva ripensato alla vicenda di un altro imprenditore gelese, purtroppo a tutti noto: Rocco Greco.

Si era ucciso con un colpo di pistola, all'indomani del rifiuto

opposto dal Tar di Palermo alla richiesta di sospendere l'interdittiva antimafia della prefettura di Caltanissetta, che lo aveva fatto escludere dalla White List. Sapeva che senza quella non avrebbe più lavorato e tormentato da quell'essersi trovato da cittadino coraggioso che aveva denunciato, fatto arrestare e condannare ben undici esponenti del racket, a essere un imprenditore senza appalti, costretto a chiudere i cantieri, non aveva visto altra soluzione.

Per l'ex presidente del Senato Pietro Grasso: *"una sconfitta per lo Stato."*

Così aveva commentato. Perché sì, cos'altro è se non una sconfitta per lo Stato, per tutti, se un cittadino onesto che ha collaborato con la giustizia, si trova prima accusato ingiustamente e poi abbandonato, se non quasi perseguitato?

Non volevo che questo accadesse a mio padre.

Non volevo essere come il figlio di Greco, che aveva ricevuto gli aiuti ma una volta rimasto solo col suo dolore e la rabbia per aver perso un genitore e per una giustizia che era stata cieca e sorda. Eppure, era stato proprio quello ad animare mio padre, la folle speranza di liberare me e mio fratello da quel peso e restituirci la possibilità di lavorare.

Eravamo tutti vittime e tutti avremmo dovuto essere sostenuti.

Ero arrabbiata, non era giusto che fosse arrivato a tanto, non era giusto che noi, cittadini onesti, dovessimo difenderci. E poi da cosa? Da un errore giudiziario che aveva innescato quel domino di eventi, da istituzioni che prima proclamavano l'assoluzione e poi non la prendevano più in considerazione, come fosse meno importante essere dichiarati innocenti se prima, se pur per sbaglio, eri stato dichiarato colpevole?

Ero sempre più decisa a combattere.

Se mio padre non era arrivato alla fine era stato solo perché, alzatosi di notte dal divano su cui si era addormentato, per andare nel capannone, era prima passato dalla stanza da letto e lì aveva visto la moglie con i nipoti addormentati al suo fianco.

Mi chiedo se non ci fossero stati i miei figli se si sarebbe fermato ugualmente, se quell'attimo di lucidità sarebbe sopraggiunto in tempo.

Perché a volte sono sufficienti dei brevi e improvvisi

attimi di disperazione per precipitare nelle sabbie mobili più profonde, senza alcuna volontà per dibattersi e uscirne, anzi, lasciandosi andare per non emergere più.

Non doveva più accadere, non a lui.

La situazione era grave, lessi nei suoi occhi la depressione che

lo stava avvinghiando, erano stati troppo i soprusi, le delusioni subite.

Non ricordo se l'abbracciai forte o se ci guardammo soltanto, era come fossimo stretti l'uno all'altro e uniti saremmo andati avanti.

Ancora una volta era l'unione, il nostro profondo affetto, a salvarci.

# CAPITOLO 28

L'indomani mio padre chiamò l'Associazione "Nessuno tocchi Caino" nel cui consiglio direttivo c'era Pietro Cavallotti, uno dei figli degli imprenditori edili di Belmonte Mezzagno, il cui patrimonio era stato sottoposto a sequestro.

La sua famiglia si era vista requisire la ditta che poi era stata riconsegnata piena di debiti, un po' come era accaduto a noi.

L'associazione è una lega internazionale di cittadini e di parlamentari nata per l'abolizione della pena di morte nel mondo, ma si occupa anche degli imprenditori siciliani "condannati" da informazioni interdittive e misure di prevenzione "antimafia". Imprenditori che

247

hanno vissuto l'esperienza di Greco, della famiglia di Cavallotti, di mio padre, trovandosi con imprese fallite per un'assurda caccia alle streghe.

Il nome dell'associazione non è stato scelto a caso, perché nessuno tocchi Caino significa giustizia senza vendetta. Come dice la Bibbia, non c'è scritto solo *"Occhio per occhio, dente per dente"*, ma anche *"Il Signore pose su Caino un segno, perché non lo colpisse chiunque l'avesse incontrato"*.

Il contrasto alla mafia deve essere portato avanti, lo vogliamo tutti e noi imprenditori per primi, ma senza misure di prevenzione in cui il sospetto è sempre al primo posto, fino quasi a rinnegare le garanzie fondamentali di onesti cittadini e lavoratori.

Devo dire che quell'associazione lo aiutò molto e di conseguenza aiutò anche noi.

E ancora lo fa.

Mandai a casa i collaboratori e il mio ufficio divenne quasi la succursale di uno studio legale. Ripresi tutte le vecchie sentenze, ogni documento, ogni cosa, tuffandomi in quel passato che avevo cercato, se non di dimenticare perché sarebbe stato impossibile, almeno di accantonare in un angolo.

Ormai avevo capito che doveva esserci qualcosa al di là degli intoppi burocratici, col nostro acquedotto dovevamo aver dato fastidio a qualcuno, sia a livello politico che a livello concorrenziale.

Le risposte vere non le so ancora e forse mai le saprò del tutto, ma sapevo che dovevo fare qualcosa perché quella situazione finisse. E per quello avevamo bisogno di più giornalisti possibili.

Carmelo conosceva Laura Mendola, prima collaboratrice del quotidiano regionale La Sicilia, diventata professionista stimata nella redazione di Gela. La chiamò e lei venne a casa nostra il giorno seguente. Avevo preparato una relazione scritta che le consegnai, e che poi fu pubblicata, ma lei, vedendo mio padre ancora affranto, si rivolse in particolare a lui. Credo avesse capito quanto aveva bisogno di sfogarsi e lo aiutò con la giusta sensibilità. Mi stupii piacevolmente della sua disponibilità e soprattutto del suo coraggio, non tutti stavano rispondendo alla nostra richiesta e non tutti quelli che scrissero di noi firmarono l'articolo.

Uno di quelli che lo firmò senza esitazione fu naturalmente Pietro Cavallotti, su Il Riformista del 28 maggio 2021.

Le sue parole mi risuonano ancora adesso in testa.

Mentre lui si chiedeva *"che cosa si prevenga perseguitando uomini incensurati, i loro figli e intere comunità e soprattutto come si possa pensare di fare antimafia senza considerare gli effetti distruttivi che certe misure provocano sulla vita delle persone*", me lo chiedevo anch'io.

Giorno dopo giorno.

Scrisse che gli si erano gelate le vene quando mio padre gli aveva confessato di volerla fare finita ed era strano leggerlo così, nero su bianco, una tragedia intima e familiare che diveniva necessariamente qualcosa da esporre, perché era la denuncia più vera e sofferta che si potesse fare.

La testimonianza di un uomo che era sopravvissuto alla mafia e al carcere, per poi cadere nella disperazione più profonda per il diniego delle istituzioni.

Lui aveva capito a pieno il senso di colpa di mio padre nei nostri confronti, sorto dopo tutto quel peso di umiliazioni e persecuzioni che si sentiva sulle spalle.

Arrivò a usare parole forti, come istigazione al suicidio; ancora adesso sento un nodo in gola nel riportarle, ma in fondo non è stato proprio così?

E non è un dramma che ha vissuto solo mio padre.

La gente doveva capire che volevamo solo una vita dignitosa e ciò che ci spettava di diritto.

La nostra prima apparizione televisiva fu con Radio Time, andammo io e mio fratello. Eravamo molto emozionati, per la prima volta saremmo apparsi in una trasmissione e addirittura in diretta. Ricordo che, per evitare di restare muti e impacciati di fronte a una domanda o quando uno di noi due avesse finito di parlare, ci mettemmo d'accordo per darci un colpo col piede sotto il tavolo. Alla fine, ce la cavammo bene.

Un altro professionista che ringrazio è Pino Maniaci, un uomo che non ha paura, definito scomodo da molti, tanto che ha pagato sulla propria pelle con accuse dimostrate poi infondate. Giornalista e conduttore di Telejato, è noto proprio per le sue campagne contro Cosa nostra e per le inchieste su gravi episodi di corruzione al Palazzo di Giustizia di Palermo.

La prima volta che ci incontrammo, dopo aver parlato per qualche minuto, lui mi guardò negli occhi e mi disse che io *avevo gli attributi*. Ero imbarazzata nell'espormi, ma la rabbia superava la vergogna e l'unica cosa che volevo era far passare il nostro messaggio a più persone possibili.

Era il dieci giugno del 2021 quando fu trasmessa la mia intervista su Telejato e poi condivisa nei social.

Quella volta fui solo io davanti le telecamere, mio fratello mi aveva aiutato ed era con me, ma tra noi due lui è sempre stato quello più riservato e credo che tutto quello gli pesasse troppo. Come caratteri siamo diversi, tanto silenzioso e riflessivo lui quanto loquace e impulsiva io. Anche troppo, a dire il vero, tanto che spesso è proprio lui a frenarmi con quel suo *"Calma, Desirè."*

Mi preparai con una sottile ansia e l'euforia di poter finalmente esporre le mie ragioni. Indossai la camicia rosa e mi raccolsi i capelli in uno chignon, mentre guardavo il mio riflesso allo specchio ripassai mentalmente cosa dire. Mi ero trovata a rappresentare pubblicamente la nostra famiglia e la nostra ditta, ma ero decisa nel farlo. Non avevo paura.

Nel servizio Maniaci iniziò dicendo che, se era vero che la lotta alla mafia andava fatta senza se e senza ma, era anche vero che spesso, nel nome di questa lotta, si facevano cose sbagliate. Annunciò che avrebbe parlato di una famiglia che aveva subito proprio uno di questi sbagli, delle vere prevaricazioni, e tutto in seguito a un grave errore: una carcerazione con un'accusa pesante di primo grado.

Raccontò dell'assoluzione in appello, di come mio padre fosse stato definito vittima di mafia, delle estorsioni avute e di come lui avesse denunciato tutto. E poi, anziché aiutato, di come era stato abbandonato, ostacolato.

Parlò della White List prima negata a mio fratello, poi a me, della disperazione di un genitore che aveva visto condannare i suoi stessi figli.

A ogni parola ripercorrevo la storia della mia famiglia, la mia storia.

*"In questa bellissima e maledetta terra del Gattopardo, abbiamo avuto figli morti ammazzati per combattere la mafia, come Pino Impastato; sangue versato, persone che hanno denunciato e che adesso si vedono i figli macchiati, anziché tutelati, perché negare la White List significa negare il lavoro e quindi il futuro."*

Aveva racchiuso esattamente tutto il mio sentire.

Le parole mi uscirono animate dalla voglia di denunciare che ormai non potevo più contenere.

Espressi come fosse assurda l'incongruenza tra il tribunale, che dichiarava mio padre innocente e vittima, e l'atto della prefettura di Caltanissetta, che lo nominava come Domus reale dell'attività imprenditoriale e soggetto di infiltrazioni mafiose, senza tenere conto delle memorie difensive, negandoci tutto.

Negandoci il futuro.

Quando gli parlai dell'acquedotto e di come il nostro servizio fosse offerto ventiquattr'ore su ventiquattro, fu lo stesso giornalista a chiedermi come fosse possibile, nell'arida Sicilia dove l'acqua era sempre razionata, e se non fosse proprio per quello che noi davamo così fastidio.

Non ero la sola a pensarlo.

Mi chiese di rivolgermi alla telecamera come se parlassi direttamente col prefetto. Deglutii e guardai fisso, riuscii a dire che io e la mia famiglia eravamo persone oneste e volevano solo lavorare. Che volevamo giustizia.

Fu un'intervista che colpì molti, era stata diretta, sincera, senza fronzoli.

La nostra storia rimbalzò nelle radio, fu esposta alla manifestazione dell'Associazione Nessuno tocchi Caino. Si diffuse in tutta la Sicilia e non solo.

Io e mio fratello ci convincemmo ancora di più della necessità di diffondere pubblicamente ogni cosa.

A testa Alta – Desirè Vasta

# CAPITOLO 29

In quel 2021, in mezzo al meccanismo mediatico che avevamo innescato, ci fu anche una bella notizia: la nascita della mia seconda nipotina, figlia della sorella di mio marito.

Mia cognata è una persona per me molto importante, tra l'altro mia coetanea, che mi è sempre stata vicina. Come sempre la vita alternava momenti felici e altri difficili, ma non bisognava mai dimenticare i primi per i secondi.

Ci fu anche un altro fatto che accadde nell'ottobre di quell'anno.

Venni contattata da uno studio di avvocati che si occupavano di recupero crediti: offrivano la loro collaborazione. Stupita chiesi dove ci avessero trovato e loro risposero che essendo noi gestori iscritti all'Arera eravamo nell'elenco.

Insomma, non venivamo riconosciuti come gestori per ottenere il risarcimento, ma eravamo indentificati in quel modo.

C'è stato un altro avvocato che ho interpellato in quel periodo, proprio in merito a questo, Ugo Marinelli, a cui va tutta la mia stima.

Ricordo quando ci siamo sentiti la prima volta al telefono. Come era naturale che fosse, il suo interloquire era formale, ma già alla seconda telefonata gli chiesi di passare al tu.

Mi era necessario creare un rapporto diverso, così come con gli altri miei avvocati. Un rapporto di fiducia, quasi di amicizia.

In fondo avremmo fatto insieme un lungo percorso, sposato la
stessa causa, e una causa non facile, per me era inevitabile arrivare a una certa confidenza.

Quando si fanno certe battaglie, che possono durare mesi come anni, si finisce per entrare in empatia l'uno con l'altro, se ne ha bisogno. O almeno è quello di cui ho sempre avuto bisogno io.

Purtroppo, l'audizione di Ugo, a cui partecipò anche Marco, nonostante il sindaco di Gela avesse promesso un tavolo tecnico, non fu mai accolta.

Oltre a loro collaborava con noi una nuova avvocatessa, Denise, per me un vero angelo. Se Marco è la figura più razionale, seria, anche se la sua simpatia si rivela assolutamente nella sfera privata, lei è la dolcezza in persona.

A marzo era subentrata una nuova prefetta, ma il diniego era stato firmato sempre dallo stesso viceprefetto, seguendo quello che per me era ormai un accanimento.

Scrissi una lettera di ben otto pagine rivolgendomi proprio alla prefettura, ridotta poi a cinque dopo i consigli del mio avvocato, e la inviai tramite PEC.

Non so se sia mai stata letta dal destinatario, in ogni caso arrivò a ogni giornale della Sicilia. La lessi anche da Maniaci e in poco tempo spopolò ovunque, diventando virale oltre ogni speranzosa previsione.

Non eravamo più muti, relegati in un angolo, però ancora una volta lo Stato mi deluse.

Nessuna risposta.

Nessuno pensò di voler parlare con me, nessuna istituzione si fece avanti, nessuna figura politica. Ma ormai non ci sentivamo più soli.

Per portare avanti il ricorso capimmo che dovevamo rivolgerci a un avvocato amministrativista, visto che quello di Gela non veniva nemmeno accolto in prefettura. Fu lo stesso Maniaci a consigliarci un avvocato del palermitano: Antonio Ingroia.

Aveva iniziato il suo tirocinio professionale nel Tribunale di Palermo con Giovanni Falcone, aveva collaborato con Paolo Borsellino a Marsala; la sua carriera era proseguita come sostituto procuratore a Palermo, era stato nominato componente della Commissione ministeriale per il Testo Unico della Legislazione Antimafia e poi Capo del Dipartimento Investigazioni della CICIG, l'ente contro la criminalità organizzata. Fino a quando, nel 2013, si era dimesso dalla magistratura per esercitare la professione di avvocato, difendendo soprattutto vittime della mafia e della giustizia negata.

Come noi.

Più la nostra storia si allargava a macchia d'olio, più venivamo a conoscenza di quanti altri fossero nelle stesse condizioni, se non peggio.

Ricordo quando andammo alla prima manifestazione dell'Associazione Nessuno tocchi Caino e ascoltammo le storie di altri imprenditori, alcuni erano stati veramente distrutti e non potevano più lavorare. Situazioni a dir poco incomprensibili. In quell'occasione, dopo aver sentito gli altri interventi, Carmelo mi guardò e disse che nonostante tutto noi eravamo stati

fortunati, avevamo il nostro acquedotto e adesso le cose stavano andando bene, almeno economicamente. Non eravamo sprovvisti di mezzi, potevamo pagare più avvocati per organizzare la nostra difesa.

Proprio tramite l'associazione, io e altri imprenditori abbiamo collaborato alla stesura del libro "Quando prevenire è peggio che punire. Torti e tormenti dell'inquisizione antimafia", dove ognuno di noi portava la sua testimonianza. Storie di

imprenditori estranei alla mafia, ma finiti nel tritacarne delle misure di prevenzione antimafia e condannati da informazioni interdittive. Di recente, a febbraio del 2022, è stato presentato proprio a Riesi. L'Associazione ci ha condotto in un percorso di speranza, cercando la certezza del diritto, per ritrovare ognuno la propria dignità.

Mio padre ha visto da subito in loro uno spiraglio di luce nel buio, tanto che gli raccontò ogni cosa, anche l'idea del suicidio pur di assicurare un futuro ai figli. Non era certo lui il colpevole, ma si era sentito così nei nostri confronti, sarebbe arrivato a quel sacrificio per noi ed è una cosa orribile anche solo da pensare.

Era stato quello a convincermi, con mio fratello, della necessità di diffondere pubblicamente ogni cosa e fu poi qualcos'altro a convincermi che dovevo essere soprattutto io a farlo.

Mio padre era stremato, quel passato che simbolicamente avevamo cercato di incenerire insieme ai documenti bruciati, tornava sempre. Mio fratello aveva iniziato a lottare a diciannove anni ed era stanco. Tutte e due, quando non ero che una ragazzina, mi avevano protetto, cercando sempre di non farmi mai mancare nulla.

Ora toccava a me.

Ero la più giovane, la linfa vitale scorreva nelle mie vene infondendo l'energia necessaria per andare avanti. Perché avevano toccato la mia famiglia.

Carmelo ogni tanto mi sgrida, lui capisce quando questo mi pesa troppo e avrei bisogno di aiuto, ma nonostante tutto cerco di sbrigarmela da sola. Allora si fa avanti e mi ricorda che lui c'è, che basta che io lo chiami. So di poter contare su di lui, su tutti loro, cerco solo di fare il più possibile da sola e di lasciarli riposare.

Ma non è sempre facile.

A volte, quando saluto mia madre dopo aver fatto colazione insieme, le dico che sto per andare a combattere, perché è così che mi sento. Ma, al contrario di anni fa, ora so che ci sono persone che ci sostengono, compresi tanti nostri concittadini. Una cosa che rincuora, dopo aver sentito la cattiveria intorno. E poi ci sono anche persone lontane che hanno conosciuto la nostra storia dai social, come dai giornali o dall'associazione, persone che non ci conoscono ma che hanno compreso la situazione, che forse l'hanno vissuta o la stanno vivendo, che credono nella giustizia più pura.

Per questo è importante parlarne, perché altri potrebbero rispecchiarsi in noi e sentirsi meno soli.

A testa Alta – Desirè Vasta

# CAPITOLO 30

Dopo che comparve l'intervista nei vari social, il diciotto giugno, ormai chiuso il lavoro con Borgetto, ricevemmo una proposta per un lavoro a Perugia. Carmelo fu subito contrario, mio padre tentennava sulla risposta da dare e io… avevo paura, paura di iniziare di nuovo qualcosa che non sapevo a cosa ci avrebbe portato.

Sembrava un lavoro serio, ma quando si è stati scottati più volte, è difficile fidarsi ancora e poi avevamo già il progetto delle piscine e almeno con quello sapevo a cosa saremmo andati incontro. Era qualcosa che ci stava rendendo orgogliosi e offriva l'euforia di nuove prospettive.

Dopo varie riunioni rifiutai l'incarico.

Era ormai estate e sognavamo un periodo tranquillo, dove riprendere la carica per affrontare gli impegni che già si profilavamo per l'autunno.

Nancy, con mia grande gioia, era finalmente rientrata, ma sarebbe tornata in ufficio solo dopo la laurea, prevista per luglio. E tutti noi avremmo festeggiato con lei.

Purtroppo, non fu come ci aspettavamo.

Il tredici luglio si laureò on line, ma non ci furono grandi festeggiamenti: tutti prendemmo il covid, per fortuna non in forma grave, anzi. A parte i primi giorni di malessere, e un po' di dispiacere per quel blocco forzato, passammo quei ventun giorni quasi come fossero una vacanza.

La nuova piscina si rivelò provvidenziale, passavamo i giorni a rilassarci a mollo o facendo grigliate in giardino, ma la cosa più importante era che finalmente passavo un lungo periodo con i miei figli e mio marito.

Ci aspettava anche un evento lieto, ad agosto doveva esserci il battesimo dei miei nipoti e io avrei fatto da madrina ad Arya, purtroppo accadde prima una disgrazia inaspettata.

Il fratello maggiore di mio padre stava facendo un lavoretto sul tetto di casa e cadde finendo in coma per un mese. Tra l'altro il figlio, Lino, è da sempre uno dei miei fedeli collaboratori.

Se all'inizio sembrava si potesse riprendere, poi peggiorò fino a morire. Quello che doveva essere un Ferragosto di divertimento si trasformò in un momento di dolore.

Il battesimo fu rimandato; la festa, successivamente, fu comunque bella, a bordo piscina, con un catering perfetto, ma dentro ognuno di noi non c'era la stessa gioia che avremmo voluto provare.

Però la vita va avanti ed era rappresentata dai sorrisi dei miei nipoti.

A settembre si tornò in ufficio, il lavoro ormai era proiettato alla costruzione di piscine, in attesa dell'approvazione della White List.
Per fortuna eravamo riusciti a crearci questa alternativa, ma non per questo ne potevamo fare a meno, perché non averla significava non partecipare agli appalti con gli enti pubblici, cosa per cui mi ero preparata da anni.
Anni di sacrifici.

In ogni caso quel mese tornò con me anche Nancy.
Ricordo ancora la sua espressione appena entrò.
Ammetto che, mentre lei è maniaca dell'ordine, io sono a mio agio in un mio personalissimo disordine e, in sua assenza, avevo ampliato il raggio d'azione, utilizzando non solo la mia scrivania ma estendendomi fino alla sua.

La prima reazione fu sgridarmi, dopodiché si mise subito all'opera per riordinare l'intero ufficio.

Naturalmente abbiamo finito per riderne, ma mi accorsi una

volta di più quanto mi era cara la sua efficienza.

Dopo qualche giorno spensierato, in cui avevo ritrovato l'atmosfera gioiosa e rilassata dei vecchi tempi, il fidanzato di Nancy, Cristian, fu trasferito all'Isola d'Elba e lei decise di seguirlo, ma questa volta senza una nuova separazione.

Ancora oggi Nancy continua a lavorare per noi, collaboriamo e ci comportiamo quasi come se fossimo ancora nella stessa stanza, solo che siamo collegate tutto il giorno tramite video. Insomma, lei è sempre con me e di questo sono davvero felice, perché ha contribuito allo sviluppo della mia ditta, alla costruzione del nostro futuro.

A testa Alta – Desirè Vasta

# CAPITOLO 31

Le battaglie della vita non sono solo quelle nelle aule di tribunale. C'è stato un momento, a novembre, in cui tutto mi sembrò precipitare di nuovo.

Uno zio di mio maritò lo contattò per avvisarlo di un suo problema al cuore che poteva essere una cosa genetica, in modo che potesse fare a sua volta dei controlli.

Da un primo esame venne fuori che Rosario aveva un mixoma nella parte sinistra del cuore e non si poteva operare. Cardiologo, esami, visite, per tutto novembre e dicembre abbandonai ogni altra cosa per stare dietro a mio marito.

Lui era la mia priorità.

Se davanti mantenevo il sorriso, quando ero sola in auto scoppiavo a piangere, perché Rosario è il mio sostegno, è l'uomo che amo, il padre dei miei figli e l'unico sogno è dividere tutta la mia vita con lui.

Cominciai a cercare su internet e scoprii che l'operazione non era sempre sconsigliata. Gli proposi di sentire un nuovo specialista e fare una visita più approfondita.

C'erano altri mostri che minacciavano la mia famiglia e io avrei combattuto al suo fianco anche contro quelli.

Alla nuova visita sembrò fosse davvero un mixoma, si trovava più nella parte centrale e nel caso sarebbe stato operabile. La cosa importante però fu che, da quel che vedevano, poteva

anche trattarsi di una malformazione congenita al cuore, qualcosa che senza sapere aveva dalla nascita.

Sembrava meno preoccupante di quanto affermato all'inizio. Mia suocera era sempre stata una madre attenta alla salute dei figli e nei controlli periodici che faceva fare mai nessun cardiologo aveva riscontrato questa lieve malformazione. In parte eravamo sollevati, ma per assicurarci quale fosse la risposta corretta ed essere sicuri di cosa fare, occorreva un altro esame.

Mio fratello ci accompagnò all'ospedale, un viaggio di due ore, io ogni tanto stringevo la mano di Rosario e lui la mia. L'ansia era diversa da quella provata fino a quel momento e per fortuna l'esito ci fece tirare un sospiro di sollievo: era veramente una malformazione dalla nascita.

A oggi sappiamo che Rosario deve curarsi e soprattutto non stancarsi. Per questo non si occupa più solo dei lavori in cantiere, ma li alterna a quelli in ufficio, insieme a me e a Nancy, sempre a distanza. Non avrebbe mai rinunciato a lavorare con noi, lui ama la nostra ditta esattamente come la mia famiglia e ci crede tanto.

Dopo quello spavento abbiamo festeggiato il Natale con serenità e gratitudine, tutti insieme come sempre.

Basterebbe vederci a tavola per capire la nostra unione: siamo almeno una trentina, tra noi, i miei genitori, la famiglia di mio fratello, la famiglia di Rosario, i nonni, le sorelle di mia madre con le famiglie e quindi anche la mia cara Nancy. Una grande famiglia.

# CAPITOLO 32

Dal momento che abbiamo preso in mano la situazione con avvocati e la diffusione social, e soprattutto da quando ho iniziato per prima a studiare le carte e risalire con mio padre a come tutto questo è iniziato, ho scoperto pezzi del puzzle che mi mancavano e poco per volta i vari tasselli si sono incastrati tra loro.

Ho trovato ogni dettaglio, rivissuto ogni momento di tutta la vicenda.

Mio padre ha costituito la sua impresa nel 1984 con mio nonno,

l'uomo che gli ha trasmesso il mestiere, come prima di lui lo zio. Il primo danneggiamento risale a quando si occupò della gestione del serbatoio nella contrada Pantano di Riesi: diedero fuoco alle pompe.

Allora il gestore era il Comune e la cosa finì lì.

In seguito, partecipò a una gara di appalto per gestire un acquedotto, fu un altro imprenditore ad aggiudicarselo ma solo attraverso delle false dichiarazioni, poi assolutamente provate. Mio padre presentò ricorso e riuscì a vincerlo, peccato che da quel preciso momento è iniziato il suo calvario.

E quello di tutti noi, anche se all'inizio non ero che una ragazzina e non potevo comprendere quale tela di ragno si stava formando tutto intorno. Furti presso la nostra casa, danneggiamenti alla ditta, fino a quando rubarono tutti i mezzi di lavoro dal capannone.

Un mafioso si avvicinò a lui e gli intimò di portare dodici milioni di lire per ottenerli indietro. Per non avere guai mio padre accettò e si presentò con la sua valigetta piena di soldi, ma a quel punto gli dissero di portarli indietro e di ricomprarsi da solo i suoi mezzi se voleva lavorare. Forse uno schiaffo di umiliazione, forse un avvertimento, in ogni caso fu così che fu costretto a fare.

La volta successiva gli chiesero due milioni di lire e questa volta pagò subito, sperando che finisse lì.

Un giorno si recò presso due ditte che avevano vinto le gare di appalto per la metanizzazione di Riesi, Mazzarino e Sommatino, presentandosi come ditta specializzata in saldature

in polietilene. Una delle due gli ricordò che avrebbe dovuto pagare *sapeva chi*, l'altra invece parve fregarsene delle tristi consuetudini e gli diede l'incarico.

Poi mio padre si ammalò di ulcera perforata, fu costretto a fermarsi per l'operazione e per un mese e mezzo di convalescenza. Fu proprio durante quel periodo di riposo che un giorno si presentarono in casa nostra due tizi: era sempre la solita storia, avrebbe dovuto pagare il pizzo, mille lire a metro per il lavoro a Riesi, Mazzarino e Sommatino.

Rifiutò e perse l'incarico.

Quello era il periodo in cui per lavorare bisognava chinare la testa, o si sprofondava nella melma dei ricatti fino a rischiare la propria vita. Solo che da quella melma sarebbe diventato sempre più difficile alzare il collo e respirare l'aria pura, come una persona onesta che non ha paura a mostrarsi.

Prese una decisione, difficile, ma l'unica che non lo avrebbe fatto cadere così in basso: andò dai carabinieri per denunciare ogni cosa, anche se subito non fece nomi per paura che le intimidazioni si potessero ritorcere contro la sua famiglia.

Il maresciallo di allora rispose che non poteva denunciare, essendo parente di persona mafiosa, ma poteva indagare personalmente anche con altri imprenditori e poi riferire a loro, avrebbero messo sotto intercettazione il suo telefono. Gli promise una protezione che di fatto non ci fu, semplicemente perché non aveva mai pensato davvero di darla né di collaborare davvero con lui. Ma mio padre credette a ogni parola e iniziò a chiedere in giro, ascoltò le voci di altri imprenditori danneggiati per cercare di arrivare ai nomi dei mandanti.

E così smosse troppo le cose.

Di questo si accorse solo dopo, quando arrivarono voci che era in pericolo di vita.

Se riuscì a scamparla lo deve di certo alla buona sorte o uno sguardo dal cielo, ma anche alla sua furbizia, come quando un giorno si presentò da lui un tipo per condurlo in campagna a mostrargli un lavoro. Intuendo cosa potesse accadere, chiamò mio madre e davanti a quello le disse che sarebbe andato via con... nome e cognome... e da soli in campagna. A quel punto era chiaro che se gli fosse capitato qualcosa lei avrebbe saputo chi denunciare e così il tizio se ne andò.

E tutto questo fino a quando, dopo altri danneggiamenti come quell'incendio che ho raccontato e che ancora ho negli occhi, ci fu il suo arresto.

Forse si può comprende ancora di più ora perché, esasperato da tutto, pronunciò la frase che lo incriminò: *"Se scopro chi mi fa danni lo ammazzo"*.

Ma chi non l'avrebbe detto in un momento di rabbia, di sconforto, dopo anni di persecuzione?

Era solo una frase, fu solo una scusa per fermarlo.

Man mano che scoprivo queste cose sentivo un nodo in gola e provavo io stessa quelle sensazioni, adesso in modo ancora più intenso di quanto le avessi vissute allora o apprese dopo ma senza conoscere mai tutti gli antefatti.

Mio padre ha sempre cercato di lasciare una parte del suo passato alle spalle e io non ho mai voluto saperne di più. A lui probabilmente pesava troppo e voleva solo tornare a vivere e non inquinarci con ricordi tristi e pesanti. Da parte mia, senza contare lo sbotto di pochi minuti di una ragazzina strappata ai suoi sogni una notte di novembre, credevo in lui e non avevo mai voluto indagare oltre a ciò che mi diceva o che sentivo dal suo legale.

E fu proprio l'avvocato del tempo a rivolgersi speranzoso a quel maresciallo, invitandolo a raccontare cosa fosse davvero accaduto tra lui e mio padre e a testimoniare in suo favore.

D'altra parte, c'erano stati altri carabinieri presenti al loro colloquio, che però sembrarono non ricordare nulla, mentre il maresciallo rispose che non avrebbe mai parlato a favore di Filippo Vasta.

Mai.

Solo molto dopo si è venuto a scoprire che prendeva ordini dal colonnello Romeo e oggi è indagato.

Durante la prigionia mio padre subì nuove intimidazioni da parte del mafioso che l'aveva contattato anni prima, minacciando la sua famiglia. Ancora una volta aveva paura più per noi che per se stesso, ma alla fine nel 2008 ha fatto le sue dichiarazioni, ha fatto i nomi.

Lui ha collaborato, è stato una vittima e da molto più tempo di quanto io sapessi, e ha continuato a esserlo anche dopo l'assoluzione.

Tassello dopo tassello tutto si incastrava.

E altre cose ho scoperto, quando ho iniziato a esaminare le carte del sequestro.

# CAPITOLO 33

Per molto tempo non ho voluto sapere nulla di più della storia di mio padre, ma leggendo quei documenti e ripercorrendo passo passo le sue vicende, fin dall'inizio, ho imparato a conoscere ancora di più lui, la mia famiglia e anche me stessa.

Quando ci fu il sequestro l'azienda era florida, se c'erano dei debiti era come avviene normalmente per la maggior parte delle società. Mio padre aveva messo in conto tutto, compreso il mutuo per la casa.

L'amministratore giudiziario, cui erano stati affidati i nostri beni, avrebbe dovuto occuparsene e significava mantenere ciò che c'era, se non migliorare.

Non certo distruggere.

Dopo diciotto mesi di amministrazione la ditta era invece sull'orlo del fallimento, ma non solo. Da quelle carte ho scoperto come fosse stata valutata per liquidarla, il che significava dare un valore ai mezzi, all'attrezzatura, ai computer e così via. Mio padre racconta ancora oggi di una terna (una macchina da cantiere usata per eseguire lavori di scavo, riporto, e movimento di materiale) che lui aveva comprato per trentasette mila euro e che all'atto della liquidazione era stata stimata a dodici mila.

Motivo? Posso solo dire i fatti: l'amministratore stesso la acquistò proprio a quel prezzo ribassato.

Quando mio padre fu assolto e rientrò in possesso di tutto, un

giorno vide arrivare degli uomini per recuperare la terna.

Peccato che il tizio che doveva guidarla fuori dal capannone, e caricarla, non era pratico del mezzo e così fu proprio mio padre, con le lacrime agli occhi, ad aiutarlo nell'opera.

È sempre stato legato alle sue cose, soprattutto a quelle comprate con sacrificio, e ha sempre sofferto nell'averle perse, tanto che negli anni ha cercato di ricomprare tutto.

Ricordo una moto, ormai vecchia, che era stata acquistata da un suo ex dipendente e che poi questi aveva messo in vendita a trecento euro. Quando mio padre ha visto l'annuncio gli ha subito telefonato per riprenderla.

Non è facile vedersi portare via ciò che hai costruito, soprattutto se si tratta di un atto ingiusto. È come subire un furto.

Anche per questo ora voglio giustizia.


La richiesta di audizione dell'avvocato Ingroia è stata accolta dalla prefettura prima di quest'ultimo Natale, era convinto che ci avrebbero rilasciato la White List entro i termini previsti e noi siamo stati tranquillizzati dalle sue parole, o almeno abbiamo provato a esserlo.

Questa è la nostra regola, almeno nei giorni di festa, quando ci riuniamo tutti quanti insieme, bisogna lasciare il resto fuori.

Staccare la spina, respirare e provare a vivere come tutti, senza quest'oppressione perenne che soffia contro di noi e senza l'ansia che può generare.

Solo che i pensieri non sono facili da arginare e i problemi non conoscono pause festive.

Poco prima di Natale c'era stata l'udienza in secondo appello di Carmelo e Rosario, per l'incidente in cui era morto Gaetano. Erano stati condannati a due anni e due mesi mio fratello e un anno e un mese mio marito, più una provvigionale di centocinquantamila euro. Seguirà il processo civile.

La sua morte è qualcosa che ha addolorato tutti. C'era un grande rispetto verso quell'uomo oltre che affetto, non per niente nessuno osava prendere il caffè prima che lui arrivasse.

Vuoi per la sua età, vuoi per l'esperienza e il suo carattere cordiale. Quello che è successo è stato solo un incidente, un tragico incidente. Nessuno ne è responsabile, ma il dolore ha portato la famiglia a un accanimento.

Quel giorno ognuno di noi stava semplicemente facendo il suo lavoro e con tutta la sicurezza necessaria. Rosario non avrebbe mai potuto sentirlo o vederlo mentre passava dietro di lui, questi sono i fatti.

Per questo non ci siamo arresi, non perché non comprendiamo il loro dolore, che per quanto ci credano o no è stato ed è anche il nostro, ma perché siamo sicuri della nostra innocenza.

Per questo dopo la sentenza è stata presentato un appello in cassazione, arrivato nel mese di aprile.

A febbraio, intanto, l'avvocato ci aveva comunicato che l'istruttoria poteva durare anche una trentina di giorni e infatti abbiamo avuto l'esito il 31 marzo e non è stato ciò che ci aspettavamo.

Ancora una volta la White List ci era negata.

Ho letto affermazioni incomprensibili, come questa riferita a mio padre: *"Pur non potendolo ritenere organico alla criminalità organizzata, dimostra di conoscere le dinamiche mafiose".*

Seguivano argomentazioni in ordine all'assenza di miei redditi personali, tali da giustificare l'acquisizione delle quote sociali della Divina Service, senza tener conto che la società era stata fondata da me e mia madre, che poi mi aveva donato le quote, con l'intento di garantirmi un'attività economica e lavorativa, ma senza nessuna intenzione di "aggirare" la normativa antimafia mediante costituzione di una società "gemella/cadetta". E poi, a oltre un anno di distanza dal provvedimento interdittivo della società di mio fratello.

Veniva rimarcato anche il fatto che abitassimo tutti insieme. Già, la prefettura sottolineava come io risieda presso la casa dei miei genitori, come se in tutto ciò ci sia qualcosa di illecito.

Questa è in sintesi la risposta del mio avvocato, che fa comprendere ancora di più come le argomentazioni del rifiuto appaiano più pretesti che motivazioni reali:

"Le considerazioni circa la *conduzione famigliare* della Divina Service S.r.l., così intendendo le cointeressenze anche del padre Filippo Vasta, non possono avere valenza negativa nei confronti della società medesima per un duplice ordine di ragioni. Anzitutto, si ribadisce che i precedenti del Sig. Vasta sono meramente di polizia, essendo poi stato assolto dall'accusa di associazione mafiosa con restituzione dei beni cautelativamente posti in sequestro, e sono comunque risalenti al 2005, quando la figlia Desirè Gloria aveva solamente dodici anni. E va stigmatizzato che la Prefettura, pur citando la sentenza assolutoria del Sig. Vasta, pronunciata dalla Corte d'Assise d'Appello di Caltanissetta, omette di evidenziare che l'assoluzione è data dal fatto che la Corte d'Assise d'Appello, a pag. 149 della motivazione, precisa che: "proprio tale ruolo ambiguo svolto dal Vasta comprova ulteriormente la mancanza di un suo inserimento nel contesto associativo, di cui è in gran parte vittima, con azioni non sempre chiare, il predetto cerchi soprattutto di non subire danni economici eccessivi…".

Inoltre, tale impostazione della Prefettura – ricalcata pedissequamente nelle difese di questo giudizio – è del tutto pregiudiziale e non tiene conto del principio per cui, letteralmente, le colpe (qui, comunque inesistenti) dei padri non devono mai ricadere sui figli: la Sig.ra Desirè

Gloria Vasta nulla ha a che vedere con le attività ritenute "sospette" del padre."

Le colpe dei padri non devono ricadere sui figli…

E se pur assolutamente inesistenti, il giorno che ho ricevuto quella lettera sapevo che era proprio quello a far più male a mio padre e non sapevo come comunicargli l'ennesimo rifiuto.

Sono andata da Carmelo per chiedere un consiglio su come affrontare la cosa ed entrambi ci sentivamo impreparati su cosa fare, cosa dire. Impotenti di fronte a un'ingiustizia.

Dopo la speranza tornavamo a sprofondare in quella melma in cui sembra sempre ci vogliano gettare.

Solo pochi giorni prima avevamo ottenuto un lavoro abbastanza importante, ma la committente era stata chiara: avrebbe atteso l'esito della prefettura, senza White List non se ne sarebbe fatto niente.

Un altro lavoro perso.

Consultati con gli avvocati, abbiamo capito che c'era una cosa su cui adesso si poteva puntare.

Mio padre è stato riconosciuto vittima di mafia con sentenza definitiva, ma non ha mai avuto un risarcimento. Quel giorno ho deciso non fosse giusto fossimo sempre noi a pagare i danni per tutti gli errori che la giustizia aveva commesso.

Ho chiamato il commercialista per quantificare un risarcimento e con l'avvocato si è deciso di aprire un processo civile.

A volte penso che avremmo dovuto farlo molto prima, che il non farlo sia stato un errore, perché ha fatto dimenticare troppo in fretta che lui era la vittima.

Sono stati diciassette anni di sofferenza, e a parer mio di soprusi, e per cosa? Mio padre è stato l'unico imprenditore di Riesi a denunciare il clan Cammarata e a costituirsi parte civile, e cosa ha avuto come ringraziamento?

Qualcuno deve risarcirci.

Addirittura, mi è stato proposto di licenziarlo e fargli cambiare residenza in modo che io non abbia più legami con lui, ma come si può chiedere una cosa simile a una figlia?

Ricordo quando ho preparato il plico in modo che lo consegnasse al Fondo vittime di mafia. Viste le dimensioni, anziché spedirlo per mail, mio padre preferì consegnarlo personalmente, anche perché Caltanissetta è a soli quindici minuti d'auto da Riesi.

Quel giorno presentò anche la richiesta per un'audizione con il prefetto, dichiarando che temeva per la sua incolumità mentale e fisica. L'indomani venne chiamato dal maresciallo che lo accolse con parole di comprensione e comunicò di aver ottenuto un appuntamento col colonnello di Caltanissetta. Dopo aver parlato col colonnello, questi chiamò a sua volta la prefettura dicendo che mio padre doveva essere ascoltato.

E così è successo.

Il vice prefetto, è stato lui a riceverlo e non il prefetto in persona, lo ha ascoltato, a tratti comprensivo e partecipe delle sue vicende.

A tratti.

Fino a quando ha ricordato nuovamente le conoscenze di mio padre, dicendo che lui, che era di Catania, di quella gente non conosceva nessuno. Mio padre giustamente ha risposto che Riesi è un piccolo paese e tutti conoscono tutti, ci sono molti intrecci di parentela e non si può essere colpevoli se tra quei legami c'è qualcuno che ha problemi con la giustizia.

A quel punto il vice prefetto ha fatto capire ciò che già temevamo, visto che il problema finiva sempre per essere il rapporto di lavoro tra me e mio padre e, oltre a ciò, la sua residenza uguale alla mia.

Il sospetto che lui sia da sempre il Domus della ditta, il sospetto sull'aver aperto più società. Ma se abbiamo aperto nuove società con la stessa residenza è stato sempre nella legge, d'altra parte la prima era fallita non per mano nostra ma di chi l'aveva mal amministrata e noi avevamo bisogno di lavorare. Tutto lì.

Lavorare e vivere dignitosamente della propria attività. Non abbiamo mai chiesto altro.

Mio padre non è sceso a compromessi con la mafia, perché ha denunciato, rischiando di farsi ammazzare ed è un pericolo che ancora sussiste, ma per cosa? Dovrei davvero chiedergli di andarsene dall'azienda e dalla sua casa, scendendo invece a compromessi con lo Stato?

A volte penso che si parli sempre delle vittime della mafia, ma esistono pure le vittime della giustizia o almeno di quella cieca e sorda alla realtà o di quella corrotta che purtroppo esiste e non serve a nulla far finta che non sia così.

A oggi non ce l'ho nemmeno più con i criminali che hanno minacciato e danneggiato mio padre, perché hanno pagato o stanno pagando e quindi quel capitolo per me è chiuso. Riguardo loro la giustizia ha funzionato. Però poi è come se si fossero intestarditi a punire anche mio padre, non si sa per quale motivo, e di conseguenza anche noi.

I danni più grossi alla fine li abbiamo avuti da chi ci doveva tutelare.

Tramite i miei avvocati ho chiesto di avere un'audizione in modo che anch'io, per una volta, potessi parlare, potessi spiegare. C'erano molti punti che volevo chiarire.

Hanno accettato di ascoltarmi il 10 maggio 2022.

Sono entrata con il cuore a mille, ma ho cercato di non darlo a vedere, come sempre.

Dentro di me si dibattevano così tante emozioni…

Mi avrebbero ascoltato, compreso? Cosa mi avrebbero chiesto?

E, soprattutto, sarebbe servito?

Erano presenti il viceprefetto, la Commissione interforze dei carabinieri, il comandante della questura e della finanza e altri funzionari della prefettura.

L'avvocato Ingroia ed io ci siamo seduti, lui ha riportato i fatti accaduti, spiegando che sono l'amministratore della società, dopodiché mi ha dato la parola.

Ho raccontato di come ho iniziato a lavorare da quando avevo diciassette anni e di tutti gli avvenimenti che hanno portato alla creazione di più società, uno dei punti che ci erano stati contestati. Ho spiegato come fossi sia l'amministratore che il direttore tecnico della Divina Service, di come passavo giornate intere ai cantieri per seguire i lavori.

Se loro pensavano che io fossi solo quella relegata in ufficio a firmare documenti, non lo ero di certo.

Ho detto come solo nell'ultimo anno la ditta svolga per lo più lavori di ufficio legati alla gestione dell'acquedotto e ho parlato della nuova attività intrapresa, la costruzione di piscine.

Ho chiarito come mio padre non svolga un'attività dirigenziale, ma sia il geometra del cantiere, aiutandomi con la sua esperienza.

Ho spiegato che Mondoacqua è ormai chiusa e per quanto riguarda la Divina Acquedotti stiamo ultimando le procedure.

Ho cercato di dire ogni cosa e soprattutto di trasmettere con le mie parole quanto in questi anni abbia sacrificato me stessa per questo lavoro.

Perché è solo questo che desidero: lavorare.

Ormai ci sono gli incarichi e abbiamo i giusti profitti, ma la White List rimane un mio diritto e con lei la possibilità di partecipare a nuovi bandi pubblici.

Durante l'audizione è stato verbalizzato tutto ciò che ho riferito, mi hanno ascoltato, ma al termine nessuno ha fatto una sola domanda.

Nessuno ha riportato i fatti reali, nessuno ha detto che mio padre è vittima di mafia e neppure io sono riuscita a ripetere questa verità. Mi sentivo cristallizzata da quegli sguardi, dall'indifferenza che mi sembrava di leggere, anche mentre raccontavo di come mio padre abbia tentato di suicidarsi.

Mi son detta anche disponibile a partecipare al Modello 231, un modello organizzativo e di gestione, ai sensi appunto del decreto 231 del 2001, un insieme di protocolli che regolano la struttura aziendale e la gestione dei suoi processi sensibili, con lo scopo di ridurre il rischio di infiltrazioni mafiose. Pronta a una collaborazione preventiva, pur di dimostrare che non nascondo nulla.

Al rientro a casa, nonostante fossi ancora turbata e in parte delusa, ho cercato di sdrammatizzare nel raccontare cos'era accaduto ai miei genitori, perché vedevo la preoccupazione nei loro occhi. Così ho detto ridendo a mia madre che l'avvocato Ingroia era arrivato con la scorta e che era la prima volta che la vedevo, ma un giorno l'avrei voluta pure io.

Gloria era presente, le sue parole non me le scorderò mai:

*"Mamma, non ne hai bisogno. I leoni camminano da soli e tu sei una leonessa."*

È bastato quello per risollevarmi l'animo.

La vita ti pone tante sfide e dobbiamo essere bravi a vincerle, se anche non accade subito non bisogna arrendersi.

Non siamo soli.

Io sono credente e nei momenti più bui mi aggrappo alla fede. Chi è sfuggito alla giustizia terrena dovrà rispondere a quella di Dio. Per ora leggo la scritta affissa nei tribunali, "la giustizia è uguale per tutti", e ogni volta sorrido con amarezza.

# CAPITOLO 34

Nella vita non sono solo un'imprenditrice e man mano mi sto riappropriando del mio essere moglie e madre; come ogni donna non è facile ritagliare degli spazi per se stessa e fare incastrare tutti gli impegni. Questo è uno dei miei sogni, trovare tempo e serenità per viverlo.

Per me come per i miei cari.

E soprattutto arrivare alla fine di questo percorso, non dover più essere un'assidua frequentatrice di tribunali e studi di avvocati, se non per le cose ordinarie di ogni ditta.

Ora vivo di organizzazione.

In casa sono aiutata, da mia madre che si occupa molto dei bambini, e da mio marito. Ci dividiamo i compiti, cercando di mantenere un certo ordine durante la settimana, fino a quando il sabato prendo possesso della casa e mi dedico alle mansioni come ogni donna che lavora. Mi piacciono quei momenti, mi piace cucinare e programmo un menu per tutta la settimana.

La domenica amo vedere il sorriso dei miei bambini quando capiscono che mi avranno tutta per loro, quel giorno lascio che tutti i pensieri si raccolgono in un cassetto della mente e lo chiudo a chiave.

Voglio solo dedicarmi ai miei figli: una passeggiata, preparare una pizza insieme, una gita, lascio che decidano. Perché anche loro si stanno sacrificando giorno dopo giorno, privati della mia presenza.

Mio padre è un nonno fantastico, tenero, generoso. Spesso è lui ad andarli a prendere a scuola, a elargire paghette e regali, a fare la spesa riempiendo il carrello di dolci e golosità solo per i nipotini. Dice che comprare lo rilassa e noi figli lo prendiamo in giro per quello, ma sempre col sorriso sulle labbra. È un uomo buono, lo è sempre stato, e anche per questo le ingiustizie su di lui mi fanno ancora più rabbia.

Mia madre è sempre stata più severa, bastava un suo sguardo perché io e Carmelo sapessimo quando potevamo parlare. E ancora adesso è così. La sua voce ha sempre avuto un grande peso per tutti noi.

Ho anche un'altra famiglia, non voglio dimenticarla come non dimentico l'affetto che ci lega: quella di mio marito.

Con mia suocera ho un rapporto schietto e così con mia cognata, io e lei siamo praticamente cresciute insieme e so che potrò sempre contare sulla sua amicizia. Lei rappresenta la mia parte spensierata, i nostri discorsi vertono sul nostro essere donne, moglie e madri.

Adoro tutti i miei nipoti, della piccola Gioia ho vissuto un episodio particolare: sono stata la prima a sapere della gravidanza. Ricordo ancora quel giorno, Gessica che fa il test e poi lo lascia a me e se ne va in salotto ad aspettare e io che urlo felice il risultato.

Ancora una volta parlo di amicizia tirando in gioco persone legate a me dalla parentela, perché in fondo è sempre dalla famiglia che attingo. All'esterno ho subito molte delusioni, perché per me l'amicizia è qualcosa di profondo, di vero, che significa rispetto, sincerità.

E non è così facile da trovare.

Le mie amiche sono le mie cognate, le mie cugine, mia madre, la mia migliore amica indiscussa, e naturalmente mio marito.

Sono vite intrecciate da legami di sangue, di amore, di vicissitudini.

Non tutti conoscono Desirè in tutte le sue sfumature, ma non è colpa loro, sono io che tendo sempre a nasconderne una parte.

Quella che sta male, che soffre per un passato che non si può cancellare.

Pochi sanno che c'è qualcosa di me che è rimasto là, ancorato a quella notte di novembre, quando qualcuno portò via mio padre.

Ho avuto incubi a lungo e non sono ancora del tutto scomparsi.

Mi capita di sognare mio padre in mezzo a un incendio o di rivivere nuovamente il suo arresto... o di vederlo finire ammazzato. Eppure, quando apro gli occhi e sbatto le ciglia, scacciando via gli ultimi frammenti di quelle immagini, torno a sorridere. Così come faccio quando mi ricapita di ricordare quella notte, magari in un momento inaspettato di tristezza.

È la mia parte più intima e delicata di cui non riesco a parlare con nessuno e che confido a queste pagine, perché qui voglio mostrarmi in tutti i miei aspetti e far capire che quando si colpisce un uomo che è anche un padre, una donna che è anche una madre, si colpiscono i loro figli.

Per me ciò che è successo è stato un vero trauma e non lo dimenticherò mai, posso solo attenuarlo col tempo e poi, quando finalmente accadrà, con un atto di giustizia.

# CAPITOLO 35

Credo che nel mondo ci siano due tipi di persone, quelle forti e quelle fragili, ma non è detto che le seconde non possano diventare come le prime, lo si scopre soltanto durante le avversità.

Chi non sa superare la sua fragilità rischia di spezzarsi, di crollare, non è fatto per le sconfitte. Non tutti possono restare in piedi quando il vento soffia forte e non si trovano appigli. C'è chi ha già una base stabile e magari barcolla, ma sa rimanere dritto e guarda sempre sicuro davanti a sé, anche se l'aria è gelida e fa lacrimare gli occhi. E poi c'è chi sa di avere radici troppo deboli, ma decide ugualmente che non vuole mollare, e allora cerca in ogni modo di rimanere in equilibrio, stringendo i denti, nonostante il vento si sbatta contro e faccia male.

Perché in fondo tutto è una scelta, anche quella di non soccombere.

E io l'ho fatto, ho stretto i denti, a volte anche piangendo.

All'inizio non me ne sono nemmeno resa conto, semplicemente andavo avanti perché non potevo fare altro, perché volevo aiutare mio padre.

Da ogni sconfitta ho imparato qualcosa, ho cercato di trarne un vantaggio in modo che non diventasse solo un fallimento. E così ho scelto di rimanere al mio posto, di essere un'imprenditrice e di lottare perché la mia famiglia ed io potessimo avere giustizia.

Ora non si tratta solo più di lui, di mio fratello, di mia madre, ora si tratta anche del futuro dei miei figli. E forse si tratta anche di tutti gli altri: gli altri imprenditori, gli altri figli, perché i bambini, in fondo, sono figli di tutti e sogno un giorno di poter aiutare ragazzi che non hanno vissuto un'infanzia spensierata, sana, sicura e rischiano di seguire brutte strade.

Tutti abbiamo bisogno degli altri, io so di dover ancora crescere, imparare, ma so anche che posso aiutare ed è una sensazione che mi conforta.

Un giorno una mia professoressa mi disse che in quel momento io avevo bisogno di lei, perché mi stava istruendo, ma un domani lei avrebbe potuto aver bisogno di me, a seconda di chi sarei diventata. Ecco, sono semi che si piantano e che crescono, bisogna solo stare attenti che siano quelli giusti.

Dopo che mi è stata negata la White List ho avuto un momento di grande sconforto, in quel periodo avevo già intrapreso gli studi. Dopo lo smarrimento e la rabbia iniziale mi sono applicata con maggiore determinazione, spinta dal desiderio di comprendere cosa si cela davvero nel mondo della giustizia.

Per ora ancora non so darmi le risposte.

Mi è successo di confrontarmi con imprenditori del nord e quando sentono la mia storia rimangono stupiti e non credono che possa esistere una giustizia malata, una corruzione così subdola. Qualcuno ha definito lo Stato italiano la mafia del terzo livello, perché è lui a decidere quale imprenditore può lavorare e quale no, e lavorare vuol dire vivere.

Io voglio credere che la giustizia possa vincere su chi è corrotto, anche al suo interno.

Mio padre ci crede ancora, ci ha sempre creduto.

Però bisogna parlare, non è più tempo del silenzio.

Ho iniziato a dodici anni a chiedere perdono per degli errori che la mia famiglia non ha mai commesso. A sentirmi chiamare mafiosa, a ricevere insulti. La mia vita è stata stravolta e con me quella dei miei cari.

Non so chi sarei adesso se non fosse successo tutto questo, perché sono le vicende accadute che mi hanno forgiato. Forse sarei stata diversa, forse lo sarei anche se avessi letto prima tutte le carte di mio padre.

È come se mi avessero rubato parte della mia infanzia e la mia adolescenza. Sono cresciuta in fretta, sono passata a essere una bambina serena e tranquilla, una figlia, a essere un'adolescente prima ribelle, poi arrabbiata e forse anche confusa, che è diventata presto donna, madre e moglie. E infine mi sono trovata a dirigere un'azienda.

Non ci sono molte donne nel mio ambiente, anzi, qui a dire il vero non ne ho mai incontrata nessuna eppure lo vorrei tanto, anche se una parte di me le direbbe di cambiare strada, che non è la terra giusta, e non è il tempo giusto.

Proprio leggendo quelle carte, e poi scrivendo questo libro, addentrandomi ancora di più nella storia passata, ho recuperato quella parte di me che si era smarrita. In fondo noi siamo fatti delle nostre radici, della nostra memoria.

Il mio carattere non si è formato seguendo i naturali passaggi del tempo, ho dovuto sbattere troppo presto la faccia al muro ed è stato il mio istinto a farmi reagire.

Il mio istinto e i valori che la mia famiglia mi ha trasmesso. Però mancava sempre qualcosa.

Per anni ho osservato mia madre, la donna forte che sapeva gestire una famiglia e stare vicino al marito anche quando tutto pareva crollare: ho osservato mio fratello, un giovane ragazzo che ha dovuto affrontare le prime avversità che ci hanno investito: e soprattutto ho osservato mio padre, sempre.

Io ero il suo riflesso.

Perché lui era la mia guida, il mio faro e ancora lo è, ma prima credevo che ciò che ero riuscita a costruire, i miei successi lavorativi, fossero in realtà i suoi. Finché un mattino mi sono guardata allo specchio e ho visto ciò che mancava e di cui avevo bisogno.

Ho visto Desirè.

Non avrei fatto nulla senza di lui, senza di loro, ma anch'io ho costruito qualcosa. Con le mie forze, anno dopo anno, sconfitta dopo sconfitta, vittoria dopo vittoria.

Scrivere questo libro mi ha aiutata ad approfondire quei pezzi della nostra storia che mi mancavano, ho parlato con mio padre di cose che prima non avevamo mai affrontato del tutto, ho capito passaggi e collegamenti, ho analizzato me stessa.

Mi sono vista.

E ho visto in cosa sono migliorata e cosa ho ottenuto.

Una volta ero più aggressiva, mi arrabbiavo facilmente, ora so fermarmi e riflettere. Ho imparato che nella vita a volte è meglio ascoltare, prima di pronunciarsi, ma che bisogna anche avere il coraggio di denunciare.

Questo libro è nato per tutto questo, per raccontare la mia storia e quella della mia famiglia e denunciare tutto ciò che abbiamo subito e ancora stiamo subendo. Vorrei che altri imprenditori in difficoltà capissero di non essere soli, che non si arrendessero, perché insieme si è più forti.

Io sono fortunata, anche volendo non potrei mai sentirmi sola. La mia famiglia è una custodia che mi avvolge, un appiglio che mi sostiene. Sapere che al mattino vedrò il sorriso dei miei figli e di mio marito, prenderò un caffè con mia madre e scambierò

due parole con mio padre, a volte è sufficiente per affrontare bene la giornata. So che posso contare su di loro, come su mio fratello e le mie cognate, come i miei parenti.

Siamo sempre stati così, uno per tutti e tutti per uno. Questo è il motto di mio padre:

*"L'unione fa la forza, se non siamo uniti moriamo. Se abbiamo scelto di lavorare insieme allora è giusto rimanere uniti perché questo ci porterà all'obiettivo."*

Cosa avrebbe fatto, a sessant'anni, da solo, se non ci fossimo stati noi figli?

Quando ero piccola è stato mio fratello a sostenerlo moralmente, a lavorare con lui, a barcamenarsi tra ditta e avvocati, poi man mano ha diviso ogni cosa con me ed entrambi ora siamo qui, a difendere la nostra famiglia, ognuno a suo modo.

Dopo questi ultimi episodi ho visto mio padre guardare mia madre con occhi lucidi e dirle che si sentiva inutile, perché dopo essersi rialzato da un'accusa ingiusta e infamante, dopo aver ricostruito la ditta, dopo aver ritrovato un senso nella propria vita, ora la giustizia pretenderebbe che i suoi figli lo cacciassero.

Lotto per lui, per me stessa e ancor più per i miei bambini.

Questa storia è anche la loro.


Non ho nessuna aspettativa per i miei figli, se non che siano felici. Lavoro duro perché abbiano un futuro sicuro, perché siano indipendenti economicamente e possano studiare o fare ciò che vogliono della propria vita. Vorrei che fossero

indipendenti da qualsiasi affetto che li leghi o li condizioni.

I miei mi hanno insegnato tutto nella vita, tranne una cosa: vivere senza di loro. Se non vedo mia madre un giorno mi sento male quasi fisicamente, tanto è l'amore che provo.

I legami forti sono un sostegno, un'ancora a cui aggrapparsi se scoppia una tempesta, dall'altra parte però c'è la preoccupazione di sapere sempre che i tuoi cari stiano bene, di chiedersi come aiutarli, proteggerli.

Voglio che i miei figli sappiano cavarsela anche senza di me e che, se un domani vorranno andare lontano, non si sentano tanto legati da rinunciare e che se desidereranno di seguire altre strade possano farlo.

Non che questo sia stato il mio desiderio, io non ho mai voluto andare via, sento che il mio posto è qui, anche tra le difficoltà. In fondo la parola impresa significa attività economica, ma nel dizionario è indicata anche come un'azione di una certa importanza e difficoltà.

Un'azione ardua, eroica.

E ora ho capito il motivo.

Vorrei che i miei figli avessero altre imprese da compiere o almeno che fossero liberi di scegliere qualsiasi cosa.

Ma so di avergli dato un esempio che porteranno sempre con loro.

Gloria una sera, mentre ero alla mia scrivania, mi è venuta accanto e mi ha detto che a scuola le avevano assegnato un tema: parla del tuo eroe. E lei aveva scritto soltanto su di me, perché io sono la sua eroina. Ecco, questo basta per compensare le ore passate in ufficio, le arrabbiature, le notti insonni, i sacrifici, tutto. Perché ho capito che lei, nel frattempo, mi sta osservando e con la sensibilità che solo i bambini possiedono ha compreso. Anche la piccola, quando cerca di imitarmi e dice che da grande vuole essere come me, non vede solo una mamma impegnata che a volte non c'è, ma una mamma che si impegna per loro. Così come il padre.

E allora ecco che quell'equilibrio che a volte vacilla torna magicamente al suo posto e tutto acquista un senso.

Forse ho perso qualcosa per strada, ma ho ottenuto la stima dei miei figli.

Sono diventata una donna forte, senza per questo non avere più le mie fragilità. A volte rientro alla sera e mi sento così stanca che vorrei mettermi a piangere, e in certi momenti lo faccio, magari sfogando la tensione mentre guardo un film che mi emoziona. Di solito nascondo tutto, non voglio che gli altri mi vedano così, nemmeno i miei. Perché sono abituati alla Desirè che sorride sempre e si preoccuperebbero troppo e allora faccio un bel respiro e sorrido.

Credo che si debbano nascondere le proprie debolezze a chi si ama, almeno fino a che ci si riesce e soprattutto se contano su di te.

Un giorno i miei figli mi hanno chiesto se non avessi mai paura, io ho sorriso e ho risposto sì, di voi. Hanno riso, dicendo che non erano dei mostri. Allora ho spiegato che la mia paura è di perderli, di non essere una buona madre.

Perché sono loro il mio orgoglio e la mia fragilità più grande.

E quando ho pronunciato quella frase mi sono accorta che io stessa avevo fatto quella domanda a mio padre, tanto tempo prima, e avevo ottenuto la stessa risposta.

Perché è questo il destino dei genitori, avere paura per i propri figli e fare di tutto per proteggerli.

Spero soltanto di riuscire sempre a tramandare gli stessi valori che mi hanno insegnato e se un giorno un vento violento soffierà contro di loro io farò di tutto per disperderlo, e poi gli mormorerò qualcosa all'orecchio, qualcosa che un giorno mio padre ha detto a me:

*"Andate sempre avanti, a testa alta".*

# RINGRAZIAMENTI

Ringrazio mio marito per avermi sostenuto e amato incondizionatamente anche nei momenti più bui. I miei genitori per avermi trasmetto il valore della famiglia per avermi sostenuto e insegnato a non arrendermi mai, loro sono e saranno il mio pilastro e io li onorerò per sempre.

Mio fratello per essersi fatto in 4 per tutti noi fin da quando era solo un ragazzino.

Le mie Amate cognate Gessica e Laura. Le mie adorate cugine Chiara Nancy e Raissa. La mia generosa nonna Maria, mamma di mia mamma e il mio angelo custode nonno Lillo che dal 2014 non c'è più-

Ringrazio Other Souls, che ha contribuito a rendere tangibile il mio sogno di divulgare e far conoscere la mia storia affinché chi abbia subito ingiustizie come me e la mia famiglia, trovi tra le mie pagine la forza di continuare a combatte e di stringere i denti.

Ringrazio l'associazione Nessuno tocchi Caino per aver sostenuto a mio padre quando stava farla finita.

Ringrazio a Pino Maniaci Telejato per avermi aiutato a dar voce alle ingiustizie subite.

Ringrazio tantissimo Laura Mendola, la prima giornalista a sentire la nostra storia a renderla pubblica.

E poi vorrei anche ringraziare tutte quelle persone che hanno cercato di ostacolarmi, danneggiato e hanno tradito la mia fiducia perché mi hanno insegnato, e fatto capire a mie spese, quello che non vorrei mai diventare, aiutandomi nella mia crescita e fortificandomi.

Desirè e Filippo Vasta

La mia vita

La famiglia Vasta

Le donne della famiglia

Con Nancy, la mia fidata collaboratrice

# Sommario

Printed by Amazon Italia Logistica S.r.l.
Torrazza Piemonte (TO), Italy

34453234R00192